寻石与问石

XUN SHI YU WEN SHI

贾长华 著

百花文艺出版社
BAIHUA LITERATURE AND ART PUBLISHING HOUSE

图书在版编目（CIP）数据

寻石与问石 / 贾长华著. —天津：百花文艺出版社，2011.8

ISBN 978-7-5306-6011-9

Ⅰ. ①寻… Ⅱ. ①贾… Ⅲ. ①散文集—中国—当代 Ⅳ. ①I267

中国版本图书馆 CIP 数据核字（2011）第 153957 号

百花文艺出版社出版发行

地址:天津市和平区西康路 35 号

邮编:300051

e-mail:bhpubl@ public.tpt.tj.cn

http://www.bhpubl.com.cn

发行部电话:(022)23332651　邮购部电话:(022)23332478

全国新华书店经销

河北省三河市宏达印刷有限公司印刷

*

开本 787×1092 毫米　1/16　印张 11.25

2011 年 9 月第 1 版　2011 年 9 月第 1 次印刷

定价:48.00 元

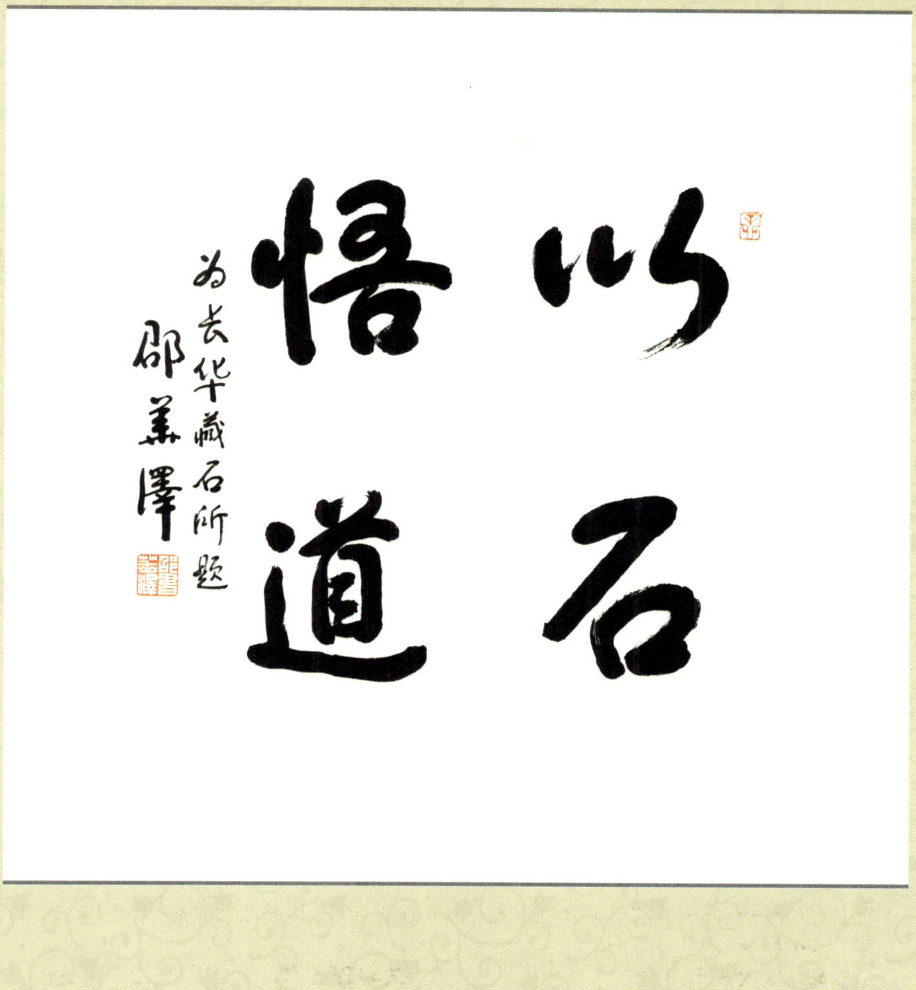

邵华泽现为中华全国新闻工作者协会名誉主席，曾任人民日报社社长兼总编辑，中将军衔。他还是我国著名书法家。

问石者说

（代序）

冯骥才

时逢盛世，收藏成风。天下之美物，不论人造抑或天然，无不进入藏家的视野与追寻之中。在此良好的文化氛围中，我的好友贾长华先生爱上了藏石。

然而，每一种收藏都是一个无边无际的世界，一旦钻进去，很难再出来。单说石头，它的世界究竟多大？且不论这种天造的尤物之美之异之奇难以穷尽，只说藏石家爱说的一句话——世界绝对没有两块一样的石头，藏石的路会有尽头吗？

所以，尽管长华为报业、为他所供职的单位一个个宏大的目标、为他所信仰的“成事”二字费尽心机，操劳不已，但是偶有空闲，一定不会在家里喝好茶听音乐看电视，而是驱车跑到那种堆满天南海北奇石的市场上，甚至陡步在荒山野岭和河滩深谷中，去寻其所爱，尽其所好，享受其心中的大餐了。

长华很少向我炫耀他的石头。他天性低调吗？他是那种藏之秘室、孤芳自赏的人吗？还是对自己收藏的规模与品质缺乏自信？

一次，由于一个偶然的机缘，我走进他一处房间，这里不过是他藏石世界的一角，却叫我大开眼界。种种名石奇石美轮美奂，造型石匪夷所思，古生物化石堪称奇迹。我算是有一点眼界的人了，但这里的许多石头都是见所未见。

他为什么不拿出来与人共享和分享？

我问长华，他笑而不答。

今天读了这部书的书稿，才真正懂得长华绝非一般藏家。

原来在寻石、选石、藏石、品石、赏石的过程中，他之所获绝非一种贵重的藏品与变相的财宝，亦非仅仅玩赏之间；从中他居然获得那么多人生、历史、社会、艺术的思考，以及哲理的启迪和处世为人的积极的探求！

只有看一看本书目录中一些章节的题目——“做学习型的人”、“朋友是财富”、“凡事要有主见”和“要做就做得最好”等等，就会明白藏石于他，绝非一种爱好和嗜好而已，而是他积极和健康的人生的一部分。其关键在于“问石”二字。正由于他肯于思索和探求——问石，才使他从寻石到赏石之中，感受到超越美石之外更宽阔的美。

然而，面对着一块块冷冰冰的沉默的石头，他怎么能问出生活的意义与人生的箴言。这就要看他的思想能力，以及他的追求了。

我欣赏我的朋友这种收藏观。不是简单的物质性的积累，也不会玩物丧志，而是把藏石与赏石作为一种高尚的精神与审美生活。

这便进入了真正的藏家的境界。

一般的藏家止于藏品，真正的藏家超越藏品。

今日长华出书，展示多年收藏中之所爱，同时以文字抒发心志，并嘱我写序。作为好友，有感而发，却不知是否道出了长华藏石之奥妙。写到此处，不敢再多言语，停笔且听指教，并将上边的感想权作序言吧。

2011.3 天津

目录

寻石，是本书作者贾长华与夫人琚宝荣的共同爱好。

“醉石斋”的“陶醉”

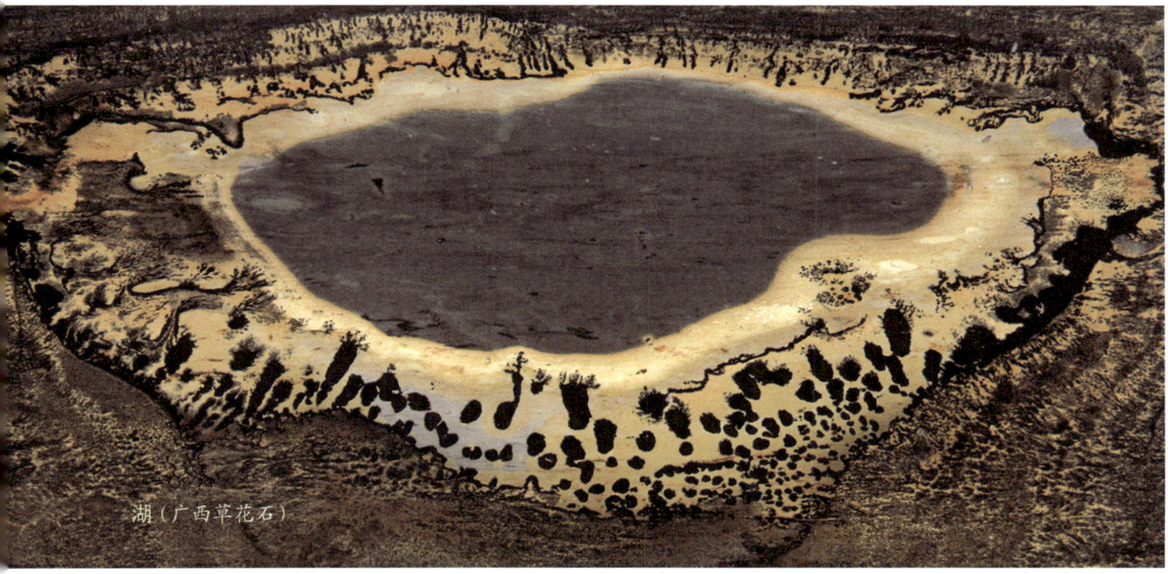

湖（广西草花石）

河（广西草花石）

群峰竞秀（贵州青石）

恐龙蛋（化石）

雷击木（木化石）

醉石斋　冯骥才 题

“醉石斋”的“陶醉”

我十分喜爱石头，书房中挂有一块匾额：“醉石斋”。

“醉石斋”这一名称，是我非常尊敬的好友——著名作家、画家、民间艺术家、收藏家冯骥才先生给起的，并由他亲笔书写了这三个遒劲的大字。

那是 1999 年春季的一天，墙上挂钟的时针已经指向午夜时分，我家的电话铃声突然响个不停。我赶紧去接电话，一听是冯骥才打来的。

我和大冯有一个共同的生活习惯，就是每天的此刻几乎都不会入睡。所以，尽管是深更半夜，家家户户都已熄灯，但我俩之间的通话都属“十分正常”之事。

大冯在电话里兴冲冲地说：“我刚刚写完三个字，是写给你的。”

我一听，立刻问："什么内容？"

大冯慢条斯礼地说："我写的是'醉石斋'。我正和夫人端详着这三个字，都感到写得最得意的是'醉'字。"

我又追问："为什么？"

他接着说："你对奇石非常陶醉，可每天的小酒也是让你不断地'醉'，这个'醉'字写得好！"

说到这儿，我在电话里听到他和夫人顾同昭都忍不住地大笑起来……

平日，我并不爱喝酒，在家吃饭时也从不喝酒。但在工作中忙于各种应酬，又不得不喝酒，而且喝得特别实在，经不住别人一劝再劝，就让一杯又一杯的酒下肚，所以不时有"喝高"的时候。我的醉意，我的醉态，我的醉话……大冯都有身临其境的了解。因此，当他说"每天的小酒也是让你不断地'醉'"之际，我无言以对，因为这是不争的事实。

说实在的，对这个"醉"字，我从内心并不讨厌，反而在有时还觉得挺有情趣。当然，我绝不赞成毫无节制地喝酒，更不赞成喝得酩酊大醉——这样不仅有损身体健康，而且还常会造成种种不好的后果。我只是想说这样一种现象，对于一些文人墨客来说，往往在喝酒之后能产生灵感，并趁着酒兴大发，创作出脍炙人口的作品。

唐代大诗人李白，诗风雄奇豪放，想象丰富，一气呵

酒坛子（卵石）　　酒缸（矿石）　　酒坛子（卵石）

成。他的诗作，显现了蔑视权贵的傲岸，表达了对人民疾苦的同情，同时通过描绘壮丽自然景色抒发了对祖国山河的挚爱。李白就很喜欢在喝酒时作诗，“李白醉酒诗百篇”，就是对这一事实的写照。这已成为千古流传的佳话。由于李白以喜欢喝酒著称于世，甚至连我国著名的拳种——醉拳，也出现了“太白醉酒”的套路，通过东倒西歪的逼真醉形，闪展腾挪，指东打西，令人防不胜防。

北宋大文学家欧阳修，诗风重气势而流转自然，散文练达而委婉，为“唐宋八大家”之一。欧阳修不仅喜欢喝酒，而且自号“醉翁”。北宋庆历年间，

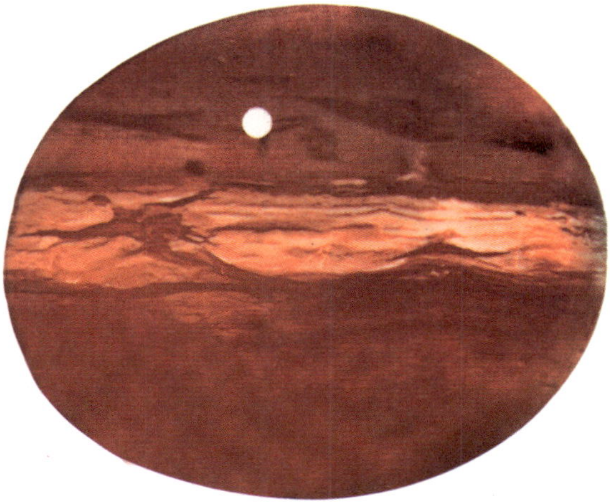

春（广西草花石）

夏（临朐彩石）

他被降职到安徽滁州做官后，经常到琅琊山麓的亭子中喝酒，于是就将亭子称为“醉翁亭”。他所写的《醉翁亭记》，描述了在这秀美山色中的饮宴之乐，表达了寄情山水的志趣，同时抒发了“与民同乐”的情怀。《醉翁亭记》留下了“醉翁之意不在酒，在乎山水之间也”这一名句，古往今来被广泛引用。在“醉翁亭”内，北宋大文学家苏轼手书的大字“醉翁亭记”碑，至今仍然完好地保存。

然而，提到“醉”字，不要一味地跟“醉酒”联系起来，不妨说一下“陶醉”。何谓“陶醉”？就是热衷于某种事物或很满意地沉浸在某种境界之中。有了陶醉，就会迷恋，有了陶醉，就会钟情，就会有热忱……一个人在紧张的工作之余，倘若能在业余爱好方面有所陶醉，无疑就能让生活更加多彩，让生活更有情趣，从而让身心得到愉悦。

我是一个“工作狂”。平日，我每天清晨6时多就从家出来，晚上八九点钟回家是“常态”。一天下来，我常常觉得疲惫不堪，有时甚至感到累得“喘不过气来”。但由于我喜欢奇石、研究奇石和收藏奇石，再忙也要挤出一些时间“玩石头”，使我的生活得到调节，情绪得以放松，心情也

秋（广西草花石）

就一下子轻松起来。

我对奇石虽分外陶醉，但不仅没有影响工作，反而还能通过养精蓄锐去更加努力工作，把所承担的工作干得更好一些。

陶醉于奇石之中，妙不可言。

冬（广西草花石）

山川（来宾石）

奇石与山川

在我所收藏的奇石中，让我特别钟情的是两块文字石：一块为棕色，石纹形成一个“山”字；另一块为黑色，石纹形成一个“川”字。两块文字石放在一起，就组合成“山川”的字样。

这两块文字石，是我很幸运地求得的。上世纪九十年代中期，在北京市平安里一带的一栋大楼地下室，举办了一个奇石展销会。我从一个朋友口中得到音讯，立即利用星期天的休息时间风风火火地赶去，不停穿插于一个个奇石摊位之间，突然发现了这两块文字石，并得知主人是来自广西的一个农民。“这实在太难得了！”我的内心一阵兴奋，马上就与主人搭讪，进一步了解到这两块文字石出自广西柳江，售价 6000 元。我费尽唇舌经过再三划价，划到 2600 元，就再也讲不下来了。当时的 2600 元对我来说是一笔不算太小的负担，我难以下决心去买。于是，我带着一种遗憾离去了。

回到天津之后，这两块文字石始终被我惦记，被我挂念。我每天的工作很紧张，而且从来不会偷懒，不会走神。但奇怪的是，只要稍有闲暇，这两块文字石就不时在我的脑海里浮现出来。

又是一个星期天，我难得有半天的闲空儿，立刻就奔向奇石展销会，竟然发现这两块文字石迟迟未能售出，心中不禁暗暗自喜。

我得知奇石展销会明天就要闭幕，所以他倘若仍不能卖出，就只能再运回去，于是我抓住这一难得的机会，再次与他划价。经过一番艰巨的“谈判”，他只好忍痛以几百元的价格将这两块“写”有“山川”字样文字石卖给我了。

俗话说：“好事成双”。时隔不久，我又以很低的价格买到一块出自北京市平谷县的“金海湖石”，只见金灿灿的石头上，有巍峨的山峦，也有湍急的河流，构成一幅天然的“山川图”。

“山川”的文字与“山川图”凑在一起，相互补充，相互依存，相映成趣，凡是观看者无不拍手叫绝。

爱奇石的人，不会不爱大自然，特别是那壮丽的山川。对于祖国各地的山河风光，我从青少年时代就非常憧憬，非常向往。早在1966年的“文革”初期，我刚满 16 岁，就有过一段游览各地的特殊经历。当时，我不是“红卫兵”，也没有“资格”去“造反”，于是便约十几个同学组成一支长征队，打起背包徒步南下，奔往一些名山大川。我们用

洞中方七日 世上已千年（来宾石）

山，刺破青天锷未残（木化石）

黄河之水天上来（大化石）

了两个半月，从天津一直走到上海。途中，我们兴致勃勃地登上济南千佛山、东岳泰山、南京紫金山，渡过黄河、淮河、长江……这是我平生第一次亲身领略祖国山河之美，其雄奇、其巍峨、其清秀，时时让我兴奋不已，给我留下至今难以磨灭的深刻印象。

在以后的漫漫岁月里，我的工作岗位不断发生变化，无论是在大学工作，还是到报社工作，只要一有机会，就会毫不放过地欣赏各处的壮丽山川。“五岳”之中，除了东岳泰山，我又游览了西岳华山、南岳衡山、北岳恒山、中岳嵩山，对“五岳归来不看山”的名句有了切身的体会。后来，我还游览了仙境般的黄山，对“黄山归来不看岳”的名句也有了一定的感悟。

然而，由于我近些年来肩负繁忙的工作，难以抽身去外地出席更多的会议、参加更多的活动，所以也就少了许多游览名山大川的机会。但十分有趣的是，我通过收藏奇石，居然使我观赏自然山河的愿望，得到些许的满足。

经过多年的寻找，我已经收藏了一批象形石中的山形石。正是因为有了这些山形石，竟使我在小小的居室，依然能饱览“壮丽山川”的风姿，能感受大自然的魅力。

不妨枚举如下：有一块山形石以毛主席诗句“无限风光在险峰”命名，只见分外险要的悬崖拔地而起，顿时令人感到敬畏；有一块山形石以毛主席诗句“高峡出平湖”命名，只见险峻的群山之中突然出现一个湖泊，显得如此神奇；有一块山形石以毛主席诗句“山，刺破青天锷未残”命名，只见一座突兀的山峰像利剑一般刺向

飞流直下三千尺（幽兰石）

山势嵯峨（灵璧石）

无限风光在险峰（缅甸玉石）

天空而锋刃未损，逼真地体现了这一绝妙意境。

此外，还有一些山形石，或以李白诗句“飞流直下三千尺”、“黄河之水天上来”命名，或以杜甫诗句“一览众山小”、“窗含西岭千秋雪”命名，或以陆游诗句“五千仞岳上摩天”命名……而那些与“山”有关的词汇，如“山高水低”、“山势嵯峨”、“层峦叠嶂”、“群峰竞秀”、“奇峰突起”、“悬崖峭壁”、“壁立万仞”等，也都被用来给那形形色色的奇石命名。

这一件件山形石摆放在我的居家，让我随时都能观看，而我几乎是百看不厌，上班前饶有兴致地看一眼，下班后又若有所思地看一眼，有点闲空儿再不由自主地看一眼……说来也怪，每当我观看这些山形石的时候，总会联想起祖国充满魅力的名山大川，并对其产生深深的向往。

我由衷地感到，热爱奇石，就会热爱大自然，热爱大自然赋予我们的壮丽山川，从而更加热爱我们的祖国。

高峡出平湖（栖霞石）

壁立万仞（贵州青石）

化石与人生

在我所收藏的奇石中，有不少是化石。何谓化石？就是指人类出现以前的地质历史时期形成并存在于地层中的古生物遗体和遗迹。其中，有植物的化石，也有动物的化石，通称生物化石。由于我喜欢收藏化石，所以也就对有关化石的知识有了初步的了解。

十分有趣的是，当我用有关化石的知识去做“思想工作”时，竟然在一些人的身上产生意想不到的结果。

一位职位不高但也不低的领导干部曾对我说，他所在单位的个别领导成员之间总闹矛盾，你看不惯我，我更瞧不上你，你给我挑毛病，我更给你找缺点。经过认真了解，双方所争执的都不是什么大的原则问题，有的甚至是由猜测或臆断带来的误解，而要经过善意的沟通，做到互相理解、互相体谅和互相宽容，就很容易得

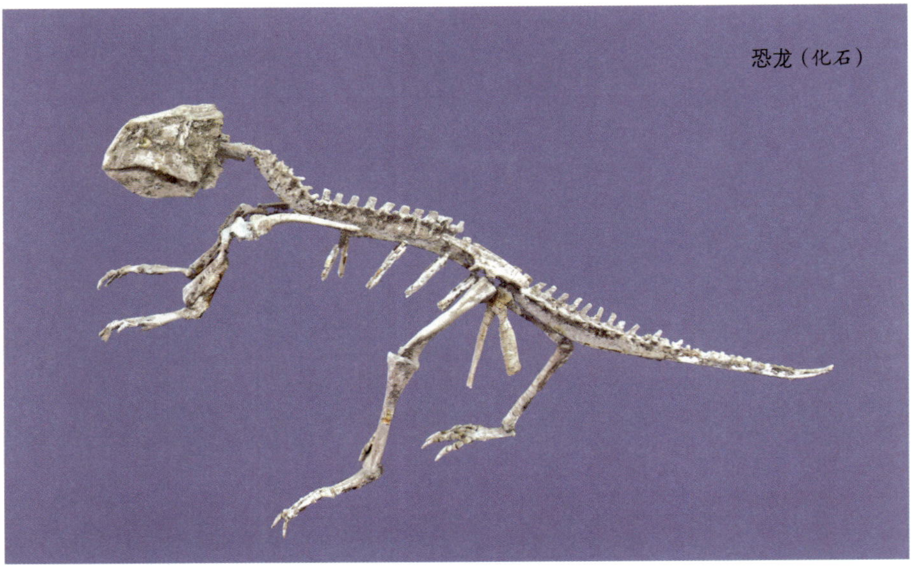
恐龙（化石）

恐龙（化石）

恐龙（化石）

到妥善解决。然而，双方都难以“大度”，也难以“达观”，这种状况也就一直持续，不仅给个人带来不好的情绪，而且给工作造成一定的影响。

这位领导干部曾对他们说，你们去登一登高山，看一看大海，山是那样高，海是那样大，能让你们心胸开阔，这样就能“大度”一些，“达观”一些。

可是，他们攀登了雄伟的高山，遨游了浩瀚的大海，并没有受到什么触动，也没有产生什么感慨，都依然故我。

我听了这位领导干部的陈述，就说让他们看一下化石，再了解一下有关化石的知识，或许比登山游海更能起到一些作用。后来，由这个领导干部牵头，我与其中的几个人，到一家展出奇石的餐馆吃了一顿饭。席间，大家不谈任何具体事情，只是由我一味地介绍在地球不同时期形成的化石，还谈了我从欣赏化石中悟出的

恐龙蛋（化石）

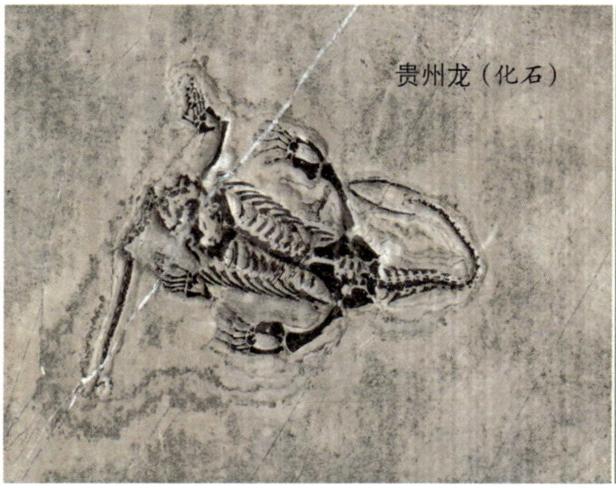

贵州龙(化石)

昆虫(化石)

人生道理,果然深深地拨动了他们的心弦。

事后,这位领导干部对我说:你的“思想工作”做得不错,这几个人都很受启迪、很受教育,感到一下子就把人生的一些事情“都看开了”,相互之间的紧张关系也有所缓和了。

我向他们讲了一些什么呢?

让我一一道来:

我们生活的地球,据说已经形成46亿年了。

地球的“太古代”,始于地球的形成,结束于大约25亿年前;地球的“远古代”,始于大约25亿年前,结束于大约6亿年前。在整个的“太古代”、“远古代”,地球上只有一些低等生物。

大约6亿年前至2.25亿年前,是地球的“古生代”,首先是海生无脊椎动物——三叶虫,成为盛极一时的“动物界之王”,随后

鱼龙(化石)

始祖鸟（化石）

狼鳍鱼（化石）

又递进到“鱼类时代”、“两栖动物时代”。

大约2.25亿年前至7000万年前，是地球的“中生代”，生物又在不断进化，爬行类动物大量繁衍，成为“龙的时代”，各种恐龙、鱼龙、翼龙生活在陆上、水中或海滨、湖泊的上空，成为地球上“称霸一时的主人”。

大约从7000万年前开始，地球进入了“新生代”，鸟类动物兴起，而更为显著的是哺乳动物也在兴起，这是“哺乳动物的时代”，高级灵长类动物的祖先——猴类动物出现了，人类近亲的古猿也出现了。

至于人类的出现，充其量不过300万年。

300万年，在地球的历史上只是一个短暂的瞬间，但人类的出现却开辟了地球的新纪元。亿万年来，地球自身在不断变化，动植物的生长也在改变着外部世界，可是作用极其缓慢、极其微弱。而人却在不断探索中，用经过思考的、有计划的行动，给大自然打上自己意志的烙印。那些曾在地球上称雄一时的生物，有的因“物竞天择”而销声匿迹，而出世晚并在体力、适应能力方面与许多动物无法比拟的“小兄弟”——人，却成为“万物之灵”，使地球一下子跃入到人类历史的时代。

在地球的漫漫历史中，有多少生物都相继遭到灭顶之灾啊！

大约 6 亿年前，生长的海生无脊椎动物——三叶虫，当时曾是盛极一时的“动物界之王”，喜欢群居生活。然而，当自然环境发生变化时，它们的习性很难适应变化，从大约 4 亿年前开始逐渐衰亡，而到了大约 2.25 亿年前就完全灭绝了。

在这一过程中，三叶虫大量堆积，逐渐形成化石。三叶虫的整体外形，分为头、胸、尾等三个部分，尾部两侧粗大的刺向后展开，形同蝙蝠的翅膀，而尾部恰如蝙蝠的躯体，并且一生要脱几次壳，所以成为化石后便呈现栩栩如生的“蝙蝠”形状，或是三五成群，或是密密麻麻，但都在“展翅竞飞”。所以，三叶虫化石又被称作“蝙蝠石”，常被用来制成砚台、镇尺、印盒、笔筒等，供人们观赏和使用。

大约 2.25 亿年前，地球上出现非常兴旺的恐龙家族。但到了大约 6700 万年前，恐龙突然遭受毁灭的命运。为何出现这种状况，科学家提出种种假设，其中最主要的是“星球撞击地球说”，即

狼鳍鱼（化石）

虾（化石）

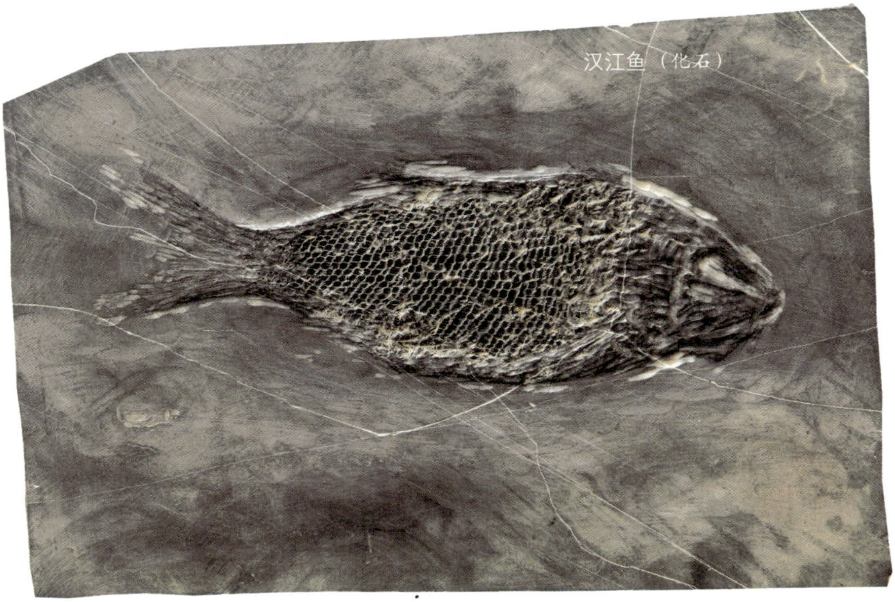

一个直径10—30公里、排放10万亿吨以上尘埃和颗粒的行星或彗星，曾与地球相撞，使地球环境发生剧烈变化，致使包括恐龙在内的大量生物灭绝了。如今，留下的只是恐龙骨骼化石、恐龙蛋化石等。

当年一度在大自然中成为“称霸一时的主人”恐龙，不就这样销声匿迹了吗？

想一想吧，地球已经形成46亿年了，人类的产生也有300万年了。作为世界上最古老民族的中华民族，仅仅只有5000年的文明史，而且还不全都是有文字记载的历史。

一个人呢？能活上百年的寥寥无几，一般也就是七八十年。如果将这七八十年，与上亿年，上百万年相比，简直就是稍纵即逝的一刹那间。有人常说：“我是历史长河的一滴水。”这话太夸张了，人的一生别说是“一滴水”，能称得上一个“水分子”就相当不错了。

倘若了解到这些知识，就会让我们非常珍惜人生——珍惜这几十年的人生。清代文人魏源曾说：“志士惜年，贤人惜日，圣人惜时。”我们在一生中，要“惜年”，要“惜日”，更要“惜时”，让“每年”、“每日”和“每时”都过得充实，过得丰富，过得更加有意义。

怎样才能做到呢?

首先,我们要对得起社会。也就是说,我们要有强烈的事业心,要有强烈的责任感,要非常热爱自己的工作,并在各自的岗位上勤勤恳恳地工作、任劳任怨地工作和卓有成效地工作,创造出成果。当人们在生活中享受到我们所带来成果的时候,我们也就对社会尽了义务,对社会有所奉献。

其次,我们的一生要做一些自己喜欢的事情。也就是说,在工作之余,我们不要过单调乏味的生活,最好要有业余爱好。这种业余爱好,不管是单一的,还是广泛的,都能让我们的生活变得丰富多彩,让我们的精神变得清爽,从而让我们活得更开心一些。

还有,我们的一生要有良好的人际关系。也就是说,我们不是生活在真空里,而是生活在社会中,每时每刻都需要与人打交道,所以一定要处理好人际关系。对待别人,只要不是原则性的大是大非问题,就不要斤斤计较,要多一些宽容,多一些谅解,甚至多一些忍让。不这样做,我们是“把简单的事情复杂化”,陷入无穷无尽的纷争之中,把自己的时间送给了别人;这样做了,我们就是“把复杂的事情简单化”,从无穷无尽的纷争之中解脱也来,把自己的时间留给了自己。在我们的一生中,“上帝”就给我们留下那么一点点时间,我们要多“节省”一些时间,好好地“设计”自己的生活,去更潇洒地生活。

这就是我通过收藏奇石得到的更加珍惜人生的观念。

中华鲟(化石)

爱石与创业

木棒（木化石）

在我的朋友中，有不少是奇石爱好者，其中不乏“藏石大家”。

当我与他们频繁接触时，产生这样一种强烈印象：大凡喜爱奇石的人，都是很有作为的人，是事业有成的人。

饶有兴味的是，就在我点破这一话题之际，一位“藏石大家”竟脱口而出：“爱石兴业。”

“爱石兴业”——我对这一句话是赞成的，同时也有着切身感受。

我的朋友、天津宝成集团董事长柴宝成，就是一个“爱石兴业”的人。他在天津市津南区200余亩的土地上，兴建一座遐迩闻名的园林——宝成奇石园。步入园内，只见在古木异卉、亭台楼榭与波光粼粼的秀水之间，遍布4000多块奇石。这些奇石，重量大至数十吨、小至数百克，以灵璧石居多，还有太湖石、彩陶石、大化石、天峨石、来宾石、三江石、百色石、九龙璧石等。这些奇石的形态，不论是栩栩如生的具象石，还是别开生面的抽象石，无不引人入胜，甚至让人们产生一阵阵的震撼。园内还有一片“木化石林”，13类树木的化石，或是几米高，或是十几米高，年轮清晰，树皮犹存。在“木化石林”中穿行，犹如步入时空隧道之中，顷刻间便能感受到沧海桑田的变化。

宝成奇石园凭借奇石，已经入选“吉尼斯世界大全”。

柴宝成对奇石不是一般的热爱，而是一种酷爱。他曾不辞辛苦地奔赴安徽、福建、辽宁、广东等地搜罗奇石，并不惜动用巨额资金兴建宝成奇石园。他的这一举动，一度招致公司里一些人的不解。然而，他始终决心不改，热情不减。如今的宝成奇石园，已经成为在天津市乃至全国都享有很高声誉的旅游景点、会议中心和度假中心，而“奇石文化”这朵奇葩也在此处傲然怒放。

尤其要指出的是，以生产工业锅炉为主的宝成集团，得益于柴宝成的“领导有方”，也得益于宝成奇石园所带来的名声，其所生产的工业锅炉成为从天津打向全国的著名品牌，拿了一个“全国第一”。于是，兴建宝成奇石园的举动终于让公司的所有人都心悦诚服了。

柴宝成不仅收藏奇石成绩卓著，而且更是成为一个取得事业成功的著名企业家。

我的另一个朋友、祈年湾海鲜美食阁（奇石博物馆）总经理王长河，也是一个“爱石兴业”的人。他所创办的祈年湾海鲜美食阁（奇石博物馆），能够让人们在品尝美食之际，尽情欣赏奇石——令人眼花缭乱的奇石。这里的镇馆石为“祈年石”，是王长河于 2001 年在广西大化县岩滩镇觅得的。这块奇石通体以金色为主调，还不时泛出高贵的红色，温馨而鲜亮，玉质感极强，迎面如浮雕的部分显现出一个十分逼真的老龙王，仿佛正在神态专注地祈求丰年。这块出自红河的奇石，曾被当地的一些人奉为“河神”。此外，这里还收藏近千块大化石、天峨石、来宾石、彩陶石、黑

树墩（木化石）

树节子（木化石）

珍珠石、腊石、灵璧石、风棱石、太湖石、九龙璧石和各种化石，其中有不少为奇石中之“上品”、“珍品”。

王长河喜欢奇石几乎达到“发痴”的地步。不论哪一块奇石，只要让他看上了，就会每时每刻都在“惦念”，即使遭到无情“敲诈”，也要咬牙买到手。由此，他被一些人称为“津门石痴”。他还亲赴广西、广东、安徽、内蒙古各省区的偏远乡村，搜罗各种各样的奇石。广西红河畔的一些村庄，农民生活还很艰苦，经常将咸菜煮汤“下饭”，再用咸菜“下酒”。王长河在这样的村庄，一住就是十几天，吃尽了苦头也不以为然。

正是这样，他才不断觅得可心的奇石。

王长河通过收藏奇石，也给事业带来了兴旺。他自小学习厨艺，后来一直经营饭店。近几年，他巧妙地将“双石(食)文化”合而为一，创办了祈年湾海鲜美食阁（奇石博物馆），让人们吃美食——吃出品位，赏奇

碳化木（木化石）

石——赏出情趣。由此，这里已经成为天津市的一个品牌，在社会上展现出美好的形象。每天，前来这里赏奇石、吃美食的人们络绎不绝，以致常常“爆棚”。

王长河不仅为普及“奇石文化”作出了贡献，也使自己所从事的餐饮业出现“超出常规”的火爆局面。干餐饮的王长河一直默默无闻，但收藏奇石的王长河却成为社会名人。

类似这样“爱石兴业”的事例不胜枚举，不再赘述。

“爱石”为何能“兴业”？

我感到，大凡喜欢奇石的人，往往都是“三热爱”的人，即热爱大自然、热爱生活并更加热爱工作的人。

喜欢奇石的人，必定是热爱大自然的人。奇石的可贵之处，在于它的奇特、奇异和奇绝。奇石，由大自然的鬼斧神工所成，是大自然赋予我们的非常珍贵的天然“艺术品”。有了大自然才能有奇石。

如此这般，喜欢奇石的人怎能不热爱大自然呢？

喜欢奇石的人，必定是热爱生活的人。来源于大自然的奇石，可以给我们的生活平添情趣，让我们的生活多姿多彩，从而提高生活的品位。在生活中，通过观赏奇石，我们就不会感到单调、感到枯燥，还会带来一种别样的愉悦，一种别样的精神享受。

如此这般，喜欢奇石的人怎能不热爱生活呢？

喜欢奇石的人，必定是更加热爱工作的人。奇石让我们热爱生活，也就促使我们对生活产生一份责任感。而有了这样一份责任感，无疑就会非常热爱工作，并在各自岗位上，殚

树桩（木化石）

拴马桩（木化石）

虫咬木（木化石）

精竭虑地干好工作，使更多的人享受到通过工作所创造的丰硕成果。当我们以自己的工作给别人带来益处、对社会有所用处的时候，这该是多么令人欣慰的事情啊！

如此这般，喜欢奇石的人怎能不更加热爱工作呢！

热爱工作，那么对工作产生热情，则是一种必然的状态。法国著名作家司汤达曾说过一段发人深思的话：“伟大的热情能战胜一切……一个人只要强烈地、坚持不懈地追求，他就能达到目的。”也就是说，对工作产生热情，就能在工作中十分钻研——努力增长本领，力求高人一筹；就能在工作中十分投入——从来也不走神，始终精神专一；就能在工作中十分奔忙——不怕吃苦受累，勇于克服困难。以这样的精神状态去工作，在事业上有所建树，最终成为事业有成的人，也就不足为奇了。

这就是我对“爱石兴业”这一现象的感悟。

千树万树梨花开（珊瑚化石）

·石谱一·

造型石

通常是指造型奇特的岩石，尽管大小不一、形状各异，但有着变幻无穷、别具一格的特色，让人们求其形，赏其貌。

(1)灵璧石

灵璧石产于安徽灵璧县磬石山。“灵璧一石天下奇，声如青钟色如玉”——宋代诗人方岩写下的诗句，是对灵璧石的独特魅力的恰当写照。

灵璧石的色泽以黑、褐黄、灰色为主，也有白色、绿色、暗红色，还有包含几种颜色的彩色。其中，以黝黑如漆的“黑灵璧”为最佳，次之为色彩夺目的“白灵璧”和“五彩灵璧”等。灵璧石的声音，不论用手指微叩，还是用小棒轻击，都可发出余韵悠长的金属般声音，有着“玉振金声”的美称。自古以来，在为数众多的玩石中，灵璧石一直被誉为“名石之首”。

(2)太湖石

太湖石产于江苏太湖的禹期山、鼋山、洞庭山等处，有水石和旱石之分。在水中采得的为水石，经波涛长期冲击，四面玲珑，给人们以嶙峋、俏丽之感，是太湖石中的上品；在山上采得的为旱石，往往枯而不润，棱角分明，是太湖石中的下品。太湖石的色泽以白色居多，少有黑青色和微青色。太湖石最能体现石头的“瘦、皱、漏、透”：所谓“瘦”，即指石体挺拔俊秀，线条明晰；所谓“皱”，即指石体多有凹凸，高低不平；所谓“漏”，即指石体布满孔穴，孔孔相套，密密麻麻；所谓“透”，即指石体纵横贯通，十分剔透。

太湖石以产于太湖而得名，但并只产于太湖。在浙江省中部、河北省北部、山东省东部的一些地区，也都出产与太湖石特征十分相近的石头，所以也被称为“太湖石”。

(3)英石

英石产于广东英德县山峦之中，又称英德石。英石有水石和旱石之分，水石生于山溪之中，旱石则遍布山坡之上。英石的色泽有黝黑、淡青、灰黑、浅绿、洁白等，其中以黝黑为最佳。英石多为中小形块，如峰刃矗立，似层峦叠嶂，洞穴幽深，宛转相连，表面布满深密皱褶，尽显奇特和美丽。此外，也有少量深埋于泥土之中的英石，形块较大，虽质地松软，但有很多洞穴，宜点缀园林之中。

(4)昆石

昆石产于江苏昆山市外的玉峰山，又名昆山石。昆石是一种白色岩石，时常见到有硅质溶液进入隙缝、空洞后形成的水晶晶簇，犹如雪花点缀，晶莹可爱，瑰丽奇异，极具观赏性。昆石以产于玉峰山的“鸡骨峰”和“胡桃峰”的最为著名。其中，“鸡骨峰” 的昆石由薄如鸡骨的石片组成，给人们以坚韧、刚劲的感觉；“胡桃峰”的昆石遍布皱纹，块状奇特，给人们以精美、可爱的感觉。

令人遗憾的是，玉峰山的高度只有82米，方圆也不过1.5公里，经过上千年不断采集，如今已很难再寻找到昆石的毛坯。

(5)博山文石

博山文石产于山东淄博市博山区。博山文石产于土中，或为物状，或成峰峦，或玲珑剔透，充满了无限的情趣。博山文石的纹理也变化多端，有的点划交错，有的弯弯曲曲，有的平行不悖，有的延伸有序，形成不同的皱纹，诸如斧劈纹、荷叶纹、卷云纹、流水纹、蜂窝纹、裙带纹等，展现了无限的意趣。博山文石可分为山形石、象形石、玲珑石等。

在博山区一带，不少地区都出产博山文石，但以神头黑石湾最为著名。

(6)武陵石

武陵石产于湖南西北部武陵山区。武陵石的种类有穿孔石、龙骨石、结核石等。武陵石中的穿孔石，色泽主要为米黄和墨黑，层理非常分明，每层之间有穿孔和空洞，或似层楼，或似石窟，以鬼斧神工般的造型，令人称奇。武陵石中的龙骨石，形态很像动物骨骼，布满红色丝纹，形奇、色艳、纹美。武陵石中的结核石，形状大多似飞碟，色泽多为复色，既明快又凝重，格调分外高雅。

(7)构造石

构造石产于广西和全国其他一些地区。构造石的大部分都呈各种各样的格子状，而一个个的“格子”都是空的，造型既复杂又多样，让人们充满奇特的感觉。此外，也有小部分构造石也呈各种各样的格子状，但一个个的“格子”却“塞着”黑色的岩石，也让人们充满奇特的感觉。构造石的鲜明特点就是结构复杂、形状多样。

(8)来宾石

来宾石产于广西来宾县境内的红水河。来宾石的质地既坚硬又细腻，常有金属光泽。色泽以黑、黄、青灰为主。形状富于变化，有象形、景观、抽象等类型。来宾石的品种很多，其中以卷纹石、黑珍珠石、石胆石等较为珍贵。

(9)幽兰石

幽兰石产于广西柳州市鹿寨县幽兰村一带。幽兰市质地细润，以黑色、青灰色为主，常带有流水般的白纹。幽兰石产于山溪之中，既是山石，又是水冲石，大多呈现各种山形、人物造型等。其中，呈现山形的幽兰石，犹如雕琢出来的一样，形状非常逼真。

(10)摩尔石

摩尔石产于广西红水河流域。摩尔石的命名，取自英国现代雕塑大师亨利•摩尔（公元 1898—1986 年）的名字，这在石种的命名上堪称首例。之前，摩尔石在当地被称作“磨刀石”。摩尔石为没有裂隙的坚硬石体，以青灰色为主，大多色彩单调，但造型变化奇特，线条与摩尔的雕塑十分相似，主题样式带有某种不确定性，更接近于现代雕塑作品。

(11)结核石

结核石产于广西和全国其他一些地区。结核石就是沉积岩中的“固结”或“突出的团块”，其硬度大于周围的沉积岩。结核石多为褐色、棕黄色和铁锈红色等，形状有球状、卵状和不规则状。结核石分布广泛，其“固结”或“突出的团块”里面含有碎石，摇动时叮当作响，即成为“响石”，那么收藏价值就越高。

(12)钟乳石

钟乳石主要产于广西、广东、浙江、贵州一带。钟乳石生成于溶洞中，当含有碳酸钙的水珠，滴滴落下来时，碳酸钙随着水分的蒸发而沉淀，由上而下逐渐增长而成，形状宛如钟乳一般。钟乳石与地上的石笋连接起来，还会形成石柱。钟乳石的颜色有白、青、浅黄、棕黄和琥珀色等，小者盈寸，大者逾丈，千姿百态，晶莹圆润，无奇不有。

(13)墨湖石

墨湖石产于广西柳州市各县，又称“墨石”。墨湖石多有石眼和弹窝，形似太湖石，但在“瘦、皱、漏、透”方面更具特色。墨湖石一般为黑色，间有白纹，表面光滑，脆而不坚，给人们以庄重的感觉。墨湖石以中小型居多，大者很少，但越大越珍贵。

(14)吕梁石

吕梁石产于江苏徐州市吕梁乡一带。吕梁石的最主要品种是“黑黄吕梁石”，可展示各种景观；而由黑色岩石层和黄色岩石层相叠而成的则更多，从二层到十余层不等，黑色岩石层往往形成空洞，黄色岩石层保持原状，十分招人喜爱。此外，带有红色、紫色的吕梁石，更是吕梁石中的珍品。

(15)九龙璧石

九龙璧石产于福建漳州市华安县九龙江流域，又称“华安玉”。九龙璧石似石非石，温润如玉，其自然美为其他岩石无法比拟。九龙璧石五彩斑斓，七色俱全，质地很细腻，玉质感特别强。九龙璧石变化多端，无奇不有，有表现多种人物、动物造型的象形石，有展示各种图案的纹理石，更有声名远播的山形石，有的如层峦叠嶂，有的如奇峰突起，有的如群山争秀，有的如悬崖峭壁，有的如丘陵起伏……一眼望去，雄奇险幽俱在，给予人们无限想象的空间。

(16)姜石

姜石产于全国不少地区，因颇似生姜而得名。姜石出自黏土层中，为钙质结核石，以白色为主，其次为黄色、黄褐色和灰色等。姜石分布很广，数量很多，但多数不具收藏价值。姜石中的上品为象形石，有的形似生姜或者其他植物，有的形似各种动物，有的形似各种人物，这也实属难得。

(17)轩辕石

轩辕石产于北京市平谷区的山区，最初发现于庙山，山上有座轩辕庙，所以才得此名。轩辕石出自黏土层中，大多为铁锈一般的赭红色，也有浅灰、浅绿色。轩辕石坚硬如铁，击之声脆，若金属之音。轩辕石的特点是外表古朴，古香古色，而宛如各种山峦、各种飞禽走兽甚至古堡楼阁的轩辕石，无不精巧奇绝。

(18)松花石

松花石产于东北松花江流域。松花石以绿色为主，也有紫色、黄色等，色嫩而纯，质地坚硬，硬而不脆，刚柔相济。松花石的造型十分丰富，宛如山峦的尽显雄奇，宛如人物和动物的尽显精巧，而展示各种抽象美的也令人遐思。松花石还是品质优良的砚台石，随形雕成石砚，天然成趣。松花石的石砚，至今已有300多年历史。

(19)风棱石

风棱石产于内蒙、新疆的戈壁荒漠，也被称为“风砺石”。风棱石是大风的“杰作”——这里年降雨量极少，但“一年一场风，从春刮到冬”，埋于松散沙粒中的岩石，被大风打磨得十分光滑。风棱石的体积并不大，小者如绿豆、黄豆、蚕豆，大者直径达一二十厘米，一般只有鹅蛋、拳头一样大小。颜色五彩缤纷，有的乳白，有的深红，有的淡黄，有的墨绿，有的漆黑……质地可以是玛瑙、玉髓、蛋白石、碧玉、石英、木化石等，也可以是坚硬的岩石。风棱石具有造型丰富、纹理多样、色彩鲜明、意境深邃等特点。

(20)沙漠漆石

沙漠漆石产于我国西部沙漠、荒漠、岩漠地区。在沙漠、荒漠、岩漠地区，一些崩解的各种形态岩石，表面形成一层类似“亮漆”的石皮，故而被称为沙漠漆石。沙漠漆石有红、黑、黄色等，质地光洁而细腻、丰润而明快。有些沙漠漆石以丰富的画面为美，又有些沙漠漆石以多变的造型为佳，成为人们追捧的新宠。

(21)葡萄玛瑙石

葡萄玛瑙石产于内蒙阿拉善盟的荒漠。葡萄玛瑙石质地坚硬滑润，晶莹剔透，分外绚丽。葡萄玛瑙石有紫、灰、红色等，通体布满色泽斑斓、大小不一的珠状小球，如串串葡萄，所以才得此名。葡萄玛瑙石的形成条件十分苛刻，非常稀少，也非常贵重，是奇石中的珍品。

(22)黄腊石

黄腊石分布很广，多产于广东、广西一些地区，福建、云南、内蒙一些地区也有发现。黄腊石硬度大、韧性强，质地似玉，触感柔和，有一种黄色的腊质感觉。黄腊石有大有小，大的可达数立方米，小的则如拇指，其造型或具象，或抽象，都能得到颇高的评价。黄腊石依档次可分为“冻腊”、“胶腊”、“晶腊”、“细腊”、“粗腊”等，以“冻腊”的档次最高，不仅透光性甚好，而且呈凝腊状，有美玉般的赏玩效果，很具观赏价值。

日出地平线（模树石）

做学习型的人

鹌鹑蛋（风棱石）

春江水暖（长江三峡石）

白云·树林·黄土地（模树石）

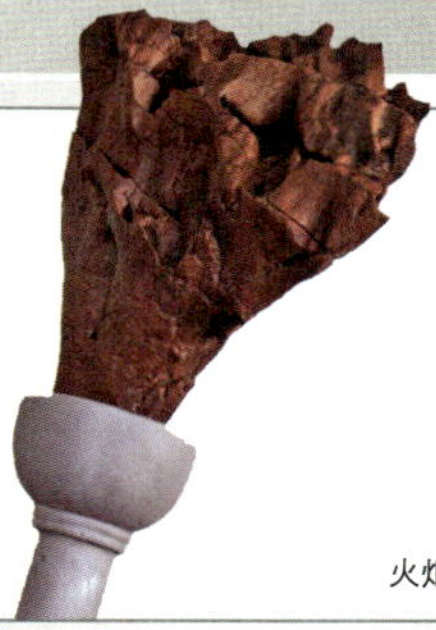
火炬（风棱石）

三叶虫（三叶虫化石）

风棱石乎？“松花蛋”乎？

风棱石与“松花蛋”有关系吗？有的。我收藏的一块风棱石，被命名为“松花蛋”。只见光滑油亮的“蛋壳”已被“磕裂”，在“破损”处显现出“蛋青”和“蛋黄”，其形状、其颜色，都与真正的松花蛋相似，也算是风棱石中的佼佼者。

我得到这块风棱石，经历了一段有趣的过程……

1998 年春季的一个星期天，我去逛古文化街。随着熙熙攘攘的人流，我信步走进一家玉器店。这里的柜台中，摆满各种造型的岫岩玉雕，诸如白菜、葫芦、柿子、桃和龙、麒麟、兔子、大象等，令人目不暇接。当时，我来这儿是因为有一个意外的发现，就是大厅还摆放近十个木箱，其中的两个已被打开，装的都是风棱石。

我对各种岫岩玉雕毫无兴致，于是直奔装有风棱石的木

松花蛋（风棱石）

箱，玉器店的经理见状，立刻跟了过来。

经过一阵寒暄，他得知我非常喜爱奇石，并对奇石有一定的研究，又将几个木箱打开，让我尽情挑选。

对于挑选奇石，我向来不怕麻烦，也不怕辛苦。我翻了一箱又一箱，大约过了一个小时，额头渗出滴滴汗珠，身体已经感到疲惫了。俗话说："功夫不负苦心人。"我付出一定的功夫，终于得到很好的"回报"，找到了一块珍贵的风棱石，就是这个"松花蛋"。

风棱石尽管有很多，但上品非常罕见。而要找到上品，就要"百里挑一"、"千里挑一"，甚至"万里挑一"。我能找到这个"松花蛋"，既是一种巧合，又是一种幸运。

我把"松花蛋"拿出来，向经理询问价钱。

经理客气地说："你给 50 元，行不行？"

按照惯例，凡是购买奇石的人，都要划价才属正常，而不划价则属反常；购买奇石的"一口价"，则是很少有的。

于是，我又说："就给 30 元吧！"

经理十分干脆地回答："行！"

我怀着高兴的心情把石头买到手，正要离开，经理突然把我拦住了，用诚恳的口气说："我没有考虑价钱就把这块石头卖给你了，这块石头已经不属于我了，你现在能不能给我讲一

缸（矿石）

大肉（肉石）

下为什么挑选它？”

我一看这位经理挺实在，也是诚心诚意向我求教，就向他简明扼要地讲起有关风棱石的知识：

风棱石是奇石中的新品种，产于内蒙古、新疆的戈壁荒漠。戈壁荒漠的气候条件十分恶劣，年平均降雨量仅 37 毫米，蒸发量却高达 3800 毫米。此外，这里是“一年一场风，从春刮到冬”，风速常时平均每秒 5 米以上，每秒 17 米以上的飓风长达两个多月。

岩石的风化，在戈壁荒漠是十分迅速的：石块的一部分埋于地面松散的沙粒中，风沙长期磨蚀裸露的部分，形成一个磨光面；此后，由于风向的改变和石头的翻动，又形成另一个磨光面。这样在两个磨光面之间就出现一个明显的棱，成为单棱石。风沙的磨蚀仍在继续进行，于是又可成为双棱石、三棱石和多棱石。

风棱石的体积不是很大，但颜色五彩斑斓，种类有玛瑙、玉髓、碧玉、石英、木化石等，也有坚硬的岩石，大多都细腻耐磨、光滑圆润，分外惹人喜爱。

风棱石大致可以分为三类：其一是抽象石，通过奇特的造型，或是通过丰富的色彩，尽显经风沙长期磨蚀后的原始之

乡村老蜡烛
（风棱石）

美、粗犷之美；其二是图案石，外观具有多种色彩和变幻莫测的纹理，形成各种天然物象的画面；其三是具象石，或是形似山峦，或是形似各种人物和动物，或是形似其他物品。

其中，风棱石中的具象石，与其他奇石相比，更加具有一个显著的特点，就是“相似”的程度达到“最高”。有的具象石，几乎已经“酷似”、“极其相似”，常常让人们大呼惊奇。

我介绍完这些内容之后，又对这位经理说：“当然，风棱石中的抽象石、图案石和具象石，都可以出精品。你的这近十箱风棱石，要好好地挑一挑，只要挑出几块精品，那就是大有收获了。因为，作为风棱石的精品，毕竟凤毛麟角。”

经理听罢这一席话，连连向我表示谢意，并蛮认真地说：“我是个门外汉，对奇石的知识了解不多，以后一定要好好学习！”

“一定要好好学习”——这句话尽管很普通、很简单、很直白，但寓意深刻。如今，每每回忆起这一段往事，这句话总是在我的耳际萦绕不已，让我产生深深的感触。

我感到，不论收藏奇石，还是做其他任何事情，如果我们还不懂，心里觉得还没有底儿，那就“一定要好好学习”。也就是说，我们要做一个学习型的人——学习现成的知识，掌握现成的知识，把现成的知识变成自己的知识。

所谓知识，就是在实践基础上产生的理性认识，即正确反映客观事物的认识。它在实践中经历了感性认识阶段之后，有了一个质的飞跃，也就是经过头脑的反复思考，对大量感性认识材料进行“去粗取精，去伪存真，由此及彼，由表及里”的加工制作，形成了对客观事物的内在规律的正确反映。

倘若我们还不具备某些方面的知识，这并不要紧，而最要紧的是采取鲁迅先生所提倡的“拿来主义”态度，通过努力学习、认真学习，把别人创造的知识学到手。要知道，知识的产生绝不会轻而易举，不知经历了多少艰难、多少曲折，更不知经历了多么漫长的时间，才能最终获取。而我们在学习中一下子就继承了别人创造的知识，这是一条多么便捷、多么迅速的途径！

“知识本身就是财富”。有了知识，能够对客观事物有深刻的认识，也就产生了能力、产生了本领，甚至产生了卓越的才干。这样不论做什么事情，都会大显身手，从而获得成功、有所建树，并作出让人们心悦诚服的贡献。

我国有许多古训，都在鼓励人们“一定要好好学习”。

汉代的王充说：“不学自知，不问自晓，古今行事未之有也。”他告诫人们，不学习而掌握知识，不询问而能知晓，自古以来还没有过这样的事。

汉代的董仲舒说：“不知则问，不能则学。”他提醒人们，没有知识就去询问，没有能力就去学习。

春秋时期的荀子说：“知而好问，然后能才。”他启示人们，有了知识并不自以为是，还在向别人请教，便会成为有才能的人。

总而言之，收藏奇石也罢，特别是在事业上有更多的追求也罢，我们千万要记住这一点：去做学习型的人！

游船（武陵石）

三峡石上的“春江水暖”

我一直期盼得到一块令人叫绝的三峡石。

随着光阴的流逝，我果真如愿以偿，并且还从中产生深刻的感悟……

这要让我从头说起：

2007 年国庆节期间，中国观赏石协会在北京紧邻北三环线的一个公园里，举办了“2007 走近奥运中国观赏石博览会”。这个博览会颇具规模，宽大的展厅陈列着一块块精美的奇石，令人目不暇接。这些奇石由全国各地文化名人、企业家和其他社会各界人士选送，其数量之多、种类之繁、品位之高，都是空前的。

我也选送两块奇石：一块是缅甸玉石，只见一座座峰峦突兀而起，既巍峨又险要，被我起名为《无限风光在险峰》；一块是大化石，只见一座孤峰直插云天，几道黄色的流水从孤山倾泻而下，被我起名为《黄河之水天上来》。这两块奇石，在博览会上分别获得

密林（对石·岫岩玉石）

春江水暖（长江三峡石）

金奖和银奖。

国庆节过后的一天，湛蓝的天空没有一片白云，如同刚刚洗过一样，初升的太阳洒下金色的光芒，一缕缕柔和的风徐徐吹来——这是一个难得的好日子，也带给我一份好心情。于是，我一大早就从天津匆匆赶往博览会。

我怀着浓厚的兴致，用了几乎整整一上午，把这里展出的奇石都一一看遍了。由此，我不仅得到心理上的满足，而且还感到这是人生的一种难得享受。

我从博览会走出来，一旁的空地上遍布出售各种奇石的露天摊位，我一时逛不过来，就在一个摆满三峡石的摊位前停住了脚步。

经过一番打听，我了解到摊位的主人来自湖北宜昌，是一位企业家，也是一位奇石收藏家，在当地的奇石协会还挂有职务。他带来近百块三峡石，大小不一，图案各异，一下子就把我深深吸引住了。

三峡石是一种卵石，产自举世闻名的长江三峡。

长江三峡——瞿塘峡、巫峡、西陵峡，西起重庆奉节白帝城，东至湖北宜昌南津关，全长 204 公里。这一河段的三峡石，有的浅露江滩，有的深藏江底，有的伴随泥沙隐埋山谷，其中尤以湖北宜昌一带所出的三峡石最多、最著名。三峡石的颜色，赤橙黄绿青蓝紫皆有。有的为单色，有的为双色，有的为复色，所形成的天然纹理异常丰富：或是宛如奇美秀丽的山水风景，或是宛如郁郁葱葱的花草树木，或是宛如神态不一的各种人物，或是宛如活泼可爱的飞禽走兽，或是宛如风格迥异的文字数字……欣赏这些三峡石，常常能将人们带入一个浮想联翩的美妙境地。

寻觅一块可心的三峡石，是我始终都在努力做的事情。

几年前，我费尽周折搜集到一块三峡石，着实让我高兴了一阵子。这一块三峡石有着迷人的图案：在覆盖皑皑白雪的原野上，不时出现一片又一片的参天大树，到了黄昏来临的时刻，落日的余晖将这一切都染上暗暗的红色，别有一番风情……这一块三峡石被我起名为《暮色中的林海雪原》，陈列在我家的客厅里，让我时时去欣赏，时时去品味……

然而，当我将公园内这个露天摊位的近百块三峡石浏览之后，顿时产生自惭形秽的感觉。这里的三峡石不乏珍品，但我感到其中

乡间小景（对石·广西草花石）

一块名为《春江水暖》的三峡石，称得上“最好”，简直把我给迷住了。这一块三峡石有着更加迷人的图案：一片延伸到天际的水面，散落着或远或近、或大或小的一处处绿洲，紧靠原野的是一条宽阔的大江，江水泛着微波，在缓缓地流淌……一切都显得那么自然，那么静谧，那么和谐，展现给我们的是一幅天然成趣的水乡泽国风景画。

将这一块名为《春江水暖》的三峡石，与我那一块名为《暮色中的林海雪原》的三峡石相比较，其结果是《春江水暖》显得更精彩、更精致，也更有品位，而《暮色中的林海雪原》则显得有些逊色，有些一般化了。

机不可失，时不再来。我决计要收藏这一块三峡石。露天摊位的主人看透了我的心思，立刻用赞许的口吻说：“你很有眼力！”

随后，他指一下不远处的中国观赏石博览会大厅，颇有感慨地说：“那是大雅之堂，别看这一块三峡石没有登大雅之堂，只是摆在地摊上，但我敢断言，它比大雅之堂中的任何一块三峡石都好。”

他停顿片刻，觉得意犹未尽，又发出感叹：“在中国观赏石博览会上展出的奇石，是有很好的名声、很大的名声，而我的这一块三峡石没有这样的名声，但没有名声却不一定就比有名声的差，只不过是还没有得到展现，没有被一些人所认可。”

最后，他把自己的这些想法归结为一句话：“要看名声，更要看

大海（广西草花石）

实际！”

我专心致志地听罢他的一席话，对这一块名为《春江水暖》的三峡石更加喜爱、更加倾情，当即买了下来。当然，由于它还没有登大雅之堂，也就一时还没有更高的“身价”，我的付出也就没有那么“昂贵”，这让我感到十分满意。

但是，在满意之余，我还留下一个更深刻的记忆，即已经牢牢记住露天摊位的主人最后说的一句话：“要看名声，更要看实际！”

“要看名声，更要看实际”——这一句富有哲理的话，告诫我们一定要正确处理“名”与“实”的关系。

关于“名”与“实”的关系，自古以来就是不可回避的问题。早在春秋战国时期，就曾出现“名”与“实”关系的论辩。法家先驱邓析提出“循名责实”，荀子也提出“制名以指实”，都认为“名”是对“实”的反映。后来，墨家与儒家就“名”与“实”的关系展开一场热烈的争辩，墨家通过批判吸收各派学说，提出“以名举实”的原则，认为“名誉不可虚假”，同时特别强调“辩”的主要任务之一就是“察名实之理”。墨家关于“名”在“实”的基础上产生并要与“实”相一致的思想是正确的，直至今天仍对我们具有一定的借鉴。

毋庸置疑，“名”属于精神现象，“实”属于物质现象，而“名”与“实”

的关系，“实”是本原、是第一性的，“名”是“实”派生的，是第二性的，是对“实”的反映。

当然，尽管“名”是对“实”的反映，但有时反映是正确的，有时反映却是不正确的。

“名”对“实”的反映正确，就是通常所说的“名副其实”。对于任何一个人或事物来说，所获得的很好的名声、很大的名声，都应与实际相符合，这是我们必须追求的目标。倘若我们做到了这一点，也就做到了实事求是，做到了客观公正。

“名”对“实”的反映不正确的第一种表现，就是通常所说的“有名无实”。如果一个人或事物所获得的很好的名声、很大的名声，与实际并不能符合，已经远远偏离了，这样的名声正应了一句古语：“盛名之下，其实难符”。我们对这样的名声别太当一回事，要清醒、冷静地对待，万万不可轻信，更万万不可迷信。

“名”对“实”的反映不正确的第二种表现，就是通常所说的“有实无名”。如果一个人或事物本应获得很好的名声、很大的名声，但始终没有获得，与实际并不能符合，已经严重脱节了，这样的名声正应了一句古语：“实不顺，名不正”。我们对这样的名声要还以公道，给予应有的地位，万万不可轻视，更万万不可蔑视。

总之，在处理“名”与“实”的关系时，如果我们成熟了、老到了，那就永远抱有这样的态度：“不唯名，只唯实”。

崇山峻岭（国画石）

灌木丛（模树石）

模树石上有美丽图画

我收藏的两块石板状的模树石，是奇石中的珍品。

其中的一块模树石，依据所呈现的逼真画面，被我起名为《沙丘上的灌木丛》。只见一丛丛灌木，不像生长在肥沃的田野里，倒像生长在干涸的沙丘上，但又傲然挺立，枝繁叶茂，显示了顽强的生命力。

另一块模树石，依据所呈现的逼真画面，被我起名为《白云·树林·黄土地》。只见遥远的天空飘浮着淡淡的几朵棉絮般白云，一片树林既挺拔高大，又郁郁葱葱，并把根儿深深地扎在黄色土地上。

这两块模树石的逼真画面，倘若说是由人们精心绘制的也并不为过，然而它们却完全是天然形成。

所谓模树石，顾名思义，就是在表面呈现树木的图形，或乔木，或灌木，或卓然独立，或密集成群，构成一幅幅妙趣横生的画面。由于模树石的图形很像树枝状的植物化石，所以又被人们称为“假化石”。

其实，模树石是锰、铁等金属氧化物流积于岩石的隙缝间，久而久之，逐渐凝结，才形成树木的图形。在沉积岩、火成岩中，都有形成模树石的可能，但以产于石灰岩、砂岩、花岗岩等硬度较大岩石中的模树石，更具有收藏价值。模树石分布比较广泛，北京房山、河北易县、河南信阳、四川中部、贵州山区等都有所发现，也都不乏令人惊叹的珍品。

我收藏的模树石，是 1993 年夏天在沈阳道古旧物市场的地摊上买来的。当时，《今晚报》总部设在市区边缘的川府新村，而我所在的新闻部则设在鞍山道与山西路交口处的一所中学，离沈阳道古旧物市场很近，步行 10 分钟就可到达。每到中午的休息时分，我常常走到那里，去浏览地摊上的各种物品，也不时买回一些。

我清楚地记得，在一个非常炎热的中午，烈日当头，热浪扑面，但我控制不住自己的兴致，又大汗淋淋地走到沈阳道古旧物市场。此刻，尽管这里的许多地摊依然没撤离，但光顾的人却寥寥无几。

突然间，我发现一个地摊摆满了模树石，图形各异，大小不一。摊主是一个小伙子，头上戴着一顶草帽，面孔黑里透红，两颊不停淌着汗水。他一见我来了，立刻大声喊道：“这些模树石，价钱便宜，给点钱就卖！”

我停住了脚步，弯腰开始挑选起来。我把几十块模树石一一拿在手里，左端详，右端详，最后精心挑选出这两块，心里觉得特别满意，决定买下。

这个小伙子发觉我要购买，还未等我询问价钱，开口就说：“大热天，你也别划价了，25 元一块，两块你给 50 元。”

我看这个小伙子挺实在，价钱又确实不贵，就爽快地买下来。

白云·树林·黄土地（模树石）

岁月悠悠，我买到这两块模树石已有15年了。

不久前，我在北京的一个奇石展销会上，又看到一些模树石，不论图形的逼真，还是图形的清晰、图形的和谐，都与我的这两块模树石相差甚远。如果打分的话，我的这两块模树石能够得“10分”，而那些模树石充其量也只能得“五六分”。可是我一打听价钱，每一块都要价几千元，比我这两块模树石的价钱不知高出多少倍。

其实这也并不奇怪。随着时光的流逝，收藏奇石的人越来越多，而奇石的资源却越来越缺乏——市场上的模树石也大大减少，这就是“物以稀为贵”嘛！

我真后悔当初在沈阳道古旧物市场购买的模树石太少，但后悔也无济于事了。

要知道，社会总是处于日益发展之中，人们的收入也总是处于不断增长之中，相伴而来的物价不断上涨，是一种不可避免的趋势。

我由购买模树石产生了联想：当初的1克金子值多少钱，现在又值多少钱？扩而大之，当初的1平方米住房值多少钱，现在又值多少钱？我们无需再举更多的从小到大、从吃到用的商品就可看出，在不到20年的时间内，有些商品已经涨价几倍甚至十几倍，这是一种常态。

不妨想一想，如果在七十年代用一元钱买东西，恐怕会相当于今天的几元钱、十几元钱，显然存钱是贬值的；如果从七十年代以后不断用积攒的钱去买金子，到今天这些钱不知增长多少倍，显然不存钱是增值的。总之，这些变化是时刻都在发生的。

由此，给我们一个很深的启迪，就是不论想问题，还是办事

流动的沙漠（木纹石）

情，一定要用发展的眼光去看——要看到今天，看到明天，还要看到以后更长的日子。

因为世界上的任何事物，都不是凝固的，不是静止的，都处于变化之中，并在变化之中不断发展。恩格斯在谈到对事物变化和发展的错误认识时，曾留下一段名言："不是把它们看作运动的东西，而是看作静止的东西；不是看作本质变化的东西，而是看作永恒不变的东西；不是看作活的东西，而是看作死的东西。"恩格斯的名言，可谓鞭辟入里。

世界上的一切事物在变化之中不断发展，但这种发展绝不是杂乱无章的，也绝不是无法捉摸的，而是有其规律性的。日月，要按一定的轨道运行；季节，要按春夏秋冬顺序更替；生物，要按特定的阶段生长和死亡。社会历史的进程，也不以人的意志为转移，而是按本身固有的规律向前发展，人们的意志只有符合规律才能够实现。

什么是规律？规律就是事物内部的必然联系，是决定事物在发展过程中必定如此、确定不移的趋势。规律是事物本身固有的，人们不能创造，也不能消灭。我们的思想、我们的行动符合规律时，就能达到预期的目的；我们的思想、我们的行动违背规律时，就会遭到挫折、失败甚至处罚。

明白了这些道理，我们在干某一件事情时，就不能目光短浅，一定要看得长远，要用发展的眼光去看；同时，还要认识事物发展的规律，主动按规律去做，自觉按规律去做。这样就一定能够很好地把事情做成，也绝不会由于没有做好事情而深深地后悔。

这就是我通过收藏两块模树石而带来的精神上的一点收获。

风棱石中显现“火焰”

火炬（风棱石）

鱼（凯里墨晶石）

当有了一块可心的奇石之后，不要随便就称为“精品”，也不要轻易就冠以“上品”——这样做常常引来尴尬，甚至造成种种被动。

对此，我有过亲身的体验……

我收藏一块风棱石，颇像一只“火炬”，是1999年在北京大观园奇石市场寻得的。

那是一个寒冷的冬天，北风凛冽，滴水成冰，北京街头的车辆骤然减少、行人也稀疏起来，大观园奇石市场不少店铺都闭门歇业。我与妻子从天津赶到这里，看到这般情景，不免产生一种孤独的感觉。

但“既来之，则安之”，我既然来到这里，就要安下心来，去干自己所要干的事情。于是，我与妻子看到哪些店铺仍在开业，就一一进去浏览，并趁机挑选中意的奇石。然而，让我始料不及的是，被我看上的奇石并不多见。

我没有灰心，也没有失望，依然带着一种特有的“积极性”，继续去逛其他的店铺……

我走到一家店铺前，还没有推门进去，突然听到一个熟悉的声音：“叔叔，这么冷的天，您还来这儿？”

我定睛一看，是店铺里的一个姑娘向我打招呼。

“我对奇石有瘾头，天冷也挡不住。”我赶忙回答。

“到我这儿看一看吧！”她热情地邀请。

“好吧！”我与妻子随即走了进去。

这个姑娘叫什么名字，尽管我至今也不知道，但已与她比较熟悉了。因为我每次来到大观园奇石市场，几乎都能与她见面，总免不了搭讪一番，所以也就有了一定的了解。

这个姑娘来自号称“大漠”的内蒙古阿拉善盟，尽管还很年轻，但已结婚生子。她的个子不是很高，但圆圆的脸蛋红扑扑，鼻梁隆起，大眼有神，五官端庄，身材略显丰满。这样一个漂亮姑娘，竟在这样简陋环境里从事这种行当，又让我多少有些不解。

我在这个姑娘面前，劈头就问：“有像形石吗？”

“有一只‘火炬’。”她不假思索地回答。

“让我看一看。”我突然产生了兴致。

“可以。”她立刻从架子上取下来。

这是一块产自戈壁荒漠的风棱石，体积不是很大，暗红的颜色，宛如一只火炬上熊熊燃烧的火焰，而特别有趣的是，火苗儿又稍稍偏向一侧，又像是让微风轻轻吹拂。

“这块风棱石太棒了！”我忍不住地夸奖。

当时，我毫不犹豫地将这块风棱石买下来，而且所付价钱不高。我十分清楚，来自内蒙古阿拉善盟的人，其中包括这个姑娘，所卖奇石的价钱历来都不是很高，而如果这块风棱石落入京津一带奇石商人之手，价钱不知要高出多少倍。

回到天津，我把这块风棱石摆放家里，继而又摆放办公室里，供大家观赏，不时博得一片赞叹声。由此，我的心里更加欢喜，甚至感到没有别的形同“火炬”的像形石比它更好了，总是很不客气地将它称为“精品”或者“上品”。

后来，我所经历的一件事情，让我顿然醒悟，就再也不这样认为，不这样做了……

我的朋友小王，来自著名灵璧石的故乡——安徽省灵璧县，既是奇石商人，又是奇石收藏家。他搜罗到一些奇石之后，常邀我去观赏。在 2008 年北京奥运会开幕前夕，他突然打来电话，约我看一块取名为“火炬”的灵璧石，我如期而至。

刚一看到这块灵璧石，立刻就让我惊讶不已。这

群山（幽兰石）

群山（幽兰石）

酒坛（来宾石）

云雾山中（灵璧石）

块灵璧石很大、很高，几乎要碰到大厅的顶部，就像一团巨型的燃烧甚旺的火焰，让人们一下子就会联想到奥运会开幕式上点燃的火焰，显得特别有气派，特别有气势。这块灵璧石的底座由硬木制成，是一只体现浓郁民族特色的火把，雕刻着一条飞腾的龙、一团团浮动的祥云，让“火焰”更加神圣、更加神奇。

看罢这块形同“火焰”的灵璧石，让我感到相形见绌，就再也不把我的那块形同“火焰”的风棱石称为“精品”、“上品”，而改称为“不错”、“还算可以”。

无独有偶。我还收藏一块吕梁石，呈现“云雾山中”的景象，也是1999年在北京大观园奇石市场寻得的。

当时，我看到这块吕梁石，立刻就被深深吸引住了。只见这块一尺长、半尺宽的吕梁石，有几座耸立的山峰，山头为黑色，山脚为白色，山峰仿佛处于一片云雾之中……我对这块吕梁石所体现的意境，感到十分惊喜，抑制不住地脱口而出：“应该给它起个名，就叫‘云雾山中’！”

我当即将这块吕梁石买下来，一连高兴了好几天。以后，我让一些朋友观赏时，总是不加掩饰地说：“这是一件‘精品’、一件‘上品’。”

后来，我所经历的一件事情，又让我顿时转变了想法，转变了做法……

我的那位来自灵璧石故乡的朋友小王，约我去看他的一位朋友收藏的一块吕梁石，名称也叫“云雾山中”。只见这块一米见方的吕梁石，矗立几十座黑色山峰，拔地而起，高低错落，起伏有序，绵延不绝，一派雄伟的“崇山峻岭”风光……几十座山峰的山腰处，呈现一片白色，犹如一团团缭绕的云雾，久久不肯散去。

这块吕梁石所展现的“云雾山中”的情景，其规模，其气势，其氛围，比起我的这块吕梁石不知要“精彩”多少。从此，我再也不把自己的这块吕梁石称为“精品”、“上品”了。

我所经历的这两件事情，对我产生很大的触动，蓦然间悟出一个道理：有比较才能有鉴别，只有以很宽的视野进行一番比较，才能对某一事物做出客观的、恰如其分的评价。

我们知道，世界上的任何事物，都是对立的统一，都由统一的两个对立方面组成。这两个对立方面，各以对方的存在为前提，失去一方，他方也就不复存在。对于奇石来说也是如此，“精品”的对立面是“粗品”，“上品”的对立面是“下品”；不论任何时候，“精品”与“粗品”的对立，“上品”与“下品”的对立，总是有的，总是存在的，这是活生生的现实。

所以，这就需要比较，需要通过比较进行鉴别。

这块奇石是“精品”吗？那就拿出来，与其他的奇石相比较，而在比较之中确实“精益求精”，那才能说是“精品”。这块奇石是“上品”吗？那就拿出来，与其他的奇石相比较，而在比较之中确实“高高在上”，那才能说是“上品”。

由此，我又想起商界流行的两句话：一句是“不怕不识货，就怕货比货”；一句是“货比三家”。作为一个商人，所购进的是好货吗？一时不识货没有关系，去与同类货进行比较，甚至争取更多的比较，而一经比较就分出好坏来了。这时，再将自己选择的货，理直气壮地称为好货，也就在情理之中了。

由此，我还想起《旧唐书》中的一句古语：“当局称迷，旁观见审。”其意是指局中人往往迷糊不清，旁观者倒看得分明。随着岁月的更迭，这句古语又被衍化为“当局者迷，旁观者清”，更加通俗地警醒人们要客观、正确看待事物。如何才能做到正确与客观呢？把眼界放宽一些、放广一些，去注重比较，去善于比较，去通过比较进行鉴别，不失为最好的办法之一。

不论收藏奇石，还是干其他任何事情，都应牢牢记住：有比较才能鉴别。

层峦叠峰（九龙壁石）

三叶虫化石的启迪

一个朋友得到一块三叶虫化石，让我鉴定真假，我只用目光扫了一下，立即脱口而出："这是假的！"

"你这么快就下断言，凭什么？"他有些迷惑不解。

"凭一种辨别能力，是一种很有理智的辨别能力。"我马上回答。

随后，我又耐心地向他侃侃而谈……

扬帆远航（三叶虫化石）

我最早见到三叶虫化石，是在大约十七八年前。当时，我去著名作家冯骥才的画馆——大树画馆，欣赏他新近绘出的一幅幅国画。我感到，大冯搞文学创作，有很深的造诣，堪称出类拔萃；大冯作画，也有很厚的功底，可谓硕果累累。鉴于这两个方面自然的结合，大冯的画与一般专业画家的画相比，也就彰显出分外鲜明的个性，即欣赏大冯的画就如同读文学作品一样能强烈感受到其所创造的意境，并由此产生一种情思，或是一种情怀，或是产生一种情结……大冯不是为了作画而作画，而是有了一种想法才去作画，并且要通过作画淋漓尽致地将其表现出来。所以，大冯的画具有“思想性”，能让人们从中悟出哲理，得到精神上的某些“收获”。

竞飞（三叶虫化石）

假三叶虫化石

然而，我在欣赏这一幅幅国画之余，还有一个意想不到的“收获”，就是收到大冯赠予的一套文房用品，有笔筒、笔洗、砚台、印盒、镇尺等。我仔细一看，这些文房用品与其他文房用品迥然不同，其四周都镶嵌着一块块三叶虫化石，既高贵又高雅，令人爱不释手。这是我平生第一次见到三叶虫化石，也是第一次得到三叶虫化石。

我最早来到三叶虫化石的产地，是在上世纪末的1999年。当时，冯骥才所写的散文《泰山挑工》被选入小学课本，泰安市委、市政府为了表达对他的敬意，决定举行一个隆重仪式，授予他荣誉市民称号。我曾随同大冯前往泰安市参加这一活动。

冯骥才的一个年轻朋友是本地人，后来调到深圳市工作，当时也特意赶回来参加这一活动。在泰安市的活动结束之后，我与大冯在奔往淄博市的途中，大冯的年轻朋友主动安排我们在一个山庄逗留，并吃了一顿散发乡间气息的农家饭。

这一带是遐迩闻名的三叶虫产地，在山庄附近的公路旁，有不少当地农民出售挖掘出来的三叶虫化石，使我有幸

出世（三叶虫化石）

假三叶虫化石

一下子看到这么多的各具特色的三叶虫化石，并对三叶虫化石有了更加直观的、深入的了解。离开这一带的时候，大冯的年轻朋友送给我一块三叶虫化石，至今还被我收藏。

随着岁月的更迭，我相继出席北京市的奇石展销会、济南市的奇石展销会和临朐县的奇石展销会，又看到了不少三叶虫化石，也买了几块三叶虫化石。就在这些奇石展销会上，我还见到了假的三叶虫化石，而且为数真不算少。

刚一开始，我对假三叶虫化石尚不能辨别，但时间一长，看得多了，见得广了，又经过一番理性的思考，也就具备了一定的辨别能力。

什么是三叶虫化石？

三叶虫是一种海生无脊椎动物，最早出现在大约 6 亿年前，但到大约 4 亿年前开始逐渐衰亡，到大约 2 至 3 亿年前则完全灭绝。

三叶虫的整体外形，从横向上分为头、胸、尾三个部分，从纵向上分为中轴和左、右肋叶。三叶虫的尾部两侧粗大的刺向后展开，形同蝙蝠的翅膀，而尾部的轴恰如蝙蝠的躯体。三叶虫一生要脱几次壳，所以在形成化石之前，便展现振翅飞翔的“蝙蝠”形状。

三叶虫比较喜欢群居生活，当自然环境发生急剧变化之际，它们的习性很难适应变化，于是开始大量死亡直至灭绝也属合乎情理。在这一漫长过程中，三叶虫大量堆积，逐渐形

满洲龟（化石）

无盾龟（化石）

成化石。在泰安市周围地区的石灰岩中，就发现了许多有着“蝙蝠”竞飞场面的三叶虫化石，或是三五成群，或是密密麻麻，或是孤孤单单，莫不情趣盎然。

当一块假的三叶虫化石摆在我面前时，我为何就能一下子认出真假？这是因为我具备了一定的辨别能力，而这辨别能力源于一种理性认识。

我的脑海里有着这样的理性认识：从直观上看，真的三叶虫化石的石板并不光滑，常常伴有细碎的杂质，其中有的“蝙蝠”是较完整的，有的“蝙蝠”是残缺甚至扭曲的；假的三叶虫化石的石板很光滑，几乎看不到什么杂质，“蝙蝠”十分完整，感到是雕刻出来的一样。当然，如果还要较真的话，再用仪器进行同位素测量，就更容易准确地把真假三叶虫化石辨别出来。

我所经历的这件事情，可以得到什么启迪呢？

我认为，不论在工作中，还是在生活中，我们随时都可能碰上各种复杂、纷繁的事情，所以在处理这些事情时务必要具备一定的辨别能力；而只要具备一定的辨别能力，即使事情再复杂、再纷繁，也能够保持清醒，也不会被一时的假象所迷惑，并很快做出果断的抉择和正确的决定。

当然，要对不同的事物具备一定的辨别能力，就要对不同事物产生理性认识——这是具备一定的辨别能力的最关键、最重要前提。

没有理性认识，只能是“感觉的东西往往不能深刻理解它”。我们所说的理性认识，是在实践基础上对客观事物内在规律的反映。人们在实践过程中，最初产生的是感性认识，并不是理性认识。感性认识以生动、具体的形象反映客观事物，但反映的只是客观事物的现象、客观事物的各个片断和外部联系。仅凭感官产生的感性认识，具有一定的局限性，不能认识客观事物的内在规律。

有了理性认识，就会是“只有深刻理解的东西才能更好地感觉它”。随着实践的继续，人们对客观事物的感觉积累到一定程度，经过“去粗取精”——获取反映本质的材料，经过“去伪存真”——保存反映真实的材料，经过“由此及彼”——把各种材料联系起来思索，经过“由表及里”——通过客观事物表面现象把握其内部所固有的规律，这样就发生了认识上的质变，由感性认识上升到理性认识。正如列宁所说，这样的理性认识，“都更深刻、更正确、更完全地反映着自然”。

我们对真假三叶虫化石有了理性认识之后，也就掌握了规律，所以不管它的表面现象如何变化，也都会知道“万变不离其宗”，知道必定要受内部所固有的规律支配。在此基础之上，我们对真假三叶虫化石具备一定的辨别能力，也就完全在情理之中了。

辨认真假三叶虫化石如此，干其他任何事情又何尝不是如此！

陆龟（化石）

·石谱二·

纹 理 石

通常是指具有清晰、美丽和多种色彩纹理的岩石，不论形成具象的画面，还是形成抽象的画面，都富有观赏价值，让人们求神似，赏其意。

(1)雨花石

雨花石产于江苏南京市雨花台，但这里不是唯一产地，更多的则产于六合县、仪征县。在纷繁的奇石中，体积较小的雨花石别具一格，自成一系，名声极佳。雨花石的美感，主要通过石质、石形、石色和石纹表现出来。在欣赏雨花石时，或重其质，或重其形，或重其色，或重其纹，而只要其中一个方面很突出，就足以引人入胜，当然，如果石质、石形、石色和石纹等四个方面都很突出，那就成为地地道道的“珍品”。

对此，一位奇石鉴赏家这样评价雨花石：“质为石之奇，形为石之体，色为石之神，纹为石之魂。”所谓“质为石之奇”，是指有着细润缜密的质地；所谓“形为石之体”，是指虽为卵石，但形状却变化多端；所谓“色为石之神”，是指色彩极为丰富，几乎具备大自然中万物的一切色彩；所谓“纹为石之魂”，是指点线交错、众彩集合的纹理，极具魅力。

(2)三峡石

三峡石产于长江三峡地区，尤以宜昌一带最多。三峡石是一种卵石，大小不一，石体光滑，色泽绚丽多彩，赤橙黄绿青蓝紫皆有，有的形成各种图案，变幻无穷；有的虽不能形成各种图案，但异彩纷呈、分外和谐。有的颜色单调，有的颜色复杂，一些颜色往往间夹而生，形成异常丰富的天然纹理，或是宛如层峦叠翠的山水风景，或是宛如郁郁葱葱的花草树木，或是宛如神态不一的各种人物，或是宛如栩栩如生的飞禽走兽，或是宛如写法各异的文字数字……此外，还有的展现一种抽象美。但不论如何，都能将人们带入浮想联翩的境地。

(3)黄河石

黄河石产于黄河流域，其中产于甘肃刘家峡水库至宁夏青铜峡水库之间河道的叫“兰州黄河石”，产于黄河三门峡至孟津县河道的叫“洛阳黄河石”。多数的黄河石都为蛋圆、扁圆或不规则圆形，石体光滑，任何人工打磨都达不到这般效果。石体大大小小，差别也很大。黄河石多为间色或复色，纹理十分丰富，既粗犷又豪放，有的能形成大自然风光，有的能形成人物和动物造型，也有的具有一种抽象美，堪称千变万化，无奇不有。

(4)天峨石

天峨石产于红水河流域的广西天峨县一带。天峨石的质地非常坚硬，大小不一，造型不同，但一个最突出的特点就是凡石必有图纹——黄色的石体凸显浅棕色或黑棕色的图纹，仿佛被雕刻出来一般，立体感很强。这些图纹有的展现抽象美，通过多变的线条引起人们种种遐思；有的展现具象美，形成各种天然画面，给人们神奇、美妙的感觉。

(5)龟纹石

龟纹石产于广西柳州市柳江县一带。龟纹石呈现黑色，体积一般直径为二三十厘米，最大的为六七十厘米，多为扁圆、椭圆的形状，与乌龟壳十分相似，有着逼真的错落有致的龟纹，无不令人称奇。饶有趣味的是，龟纹还分为凹纹和凸纹。其中，凹纹居多数，为凹下去的网状龟纹；凸纹居少数，为凸起来的网状龟纹。

(6)模树石

模树石产于河北易县、北京房山县和河南、四川、贵州的一些山区，分布比较广泛。模树石为锰、铁等金属氧化物流积于岩隙间后逐渐凝固后形成树木的图形，石表多为灰色，图形多为黑色。模树石出现树木的图形，或是乔木，或是灌木，或是密集成群，或是卓然独立，构成一幅幅天然成趣的逼真画面。这些图形，犹如神笔描绘而成，令人惊叹不已。

(7)金海石

金海石产于北京平谷区金海湖一带。金海石为山区峡谷河底中的卵石，浅黄的石体上形成深棕、暗红、深褐的纹理，巧妙地搭配在一起，组成一幅幅风格迥异的图案。金海石的图案，区别于一些观赏石的朦胧图案，线条清晰，明暗有别，浓淡相宜，疏密得体，介于中国画的工笔和写意之间，不愧为大自然的杰作。金海石的图案虽变化万千，但大多为群峦起伏、水涌云卷的山水图卷。

(8)汉江石

汉江石产于陕西境内的汉江上游。汉江石是滩地上的卵石，也与其他卵石一样，呈现不同的色彩和变幻多端的纹理，或是构成令人赏心悦目的抽象图案，或是构成山水田园或其他风景，或是构成各样人物、动物。汉江石有着鲜明的特色，越来越受到人们的喜爱。

(9)泰山石

泰山石产于泰山及其周边地区。号称“五岳之宗”的泰山，峰峦挺拔，谷幽壑深，奇岩怪石随处可见。此外，观赏石中的泰山石，也早已声名远播。泰山石为花岗岩质地十分坚硬，色泽有灰、黑、深绿、浅绿、土黄等，有的还分布道道白纹。泰山石品种较多，有造型奇特的拍象石，有形成崇山峻岭、悬崖峭壁的观景石，也有呈现山水、人物、禽兽等图案的卵石。随着时间的推移，泰山石越来越受到人们青睐。

(10)竹叶石

竹叶石产于江苏徐州市铜山县、山东莱芜市周边地区和梁山县，还有辽宁一些地区，但以江苏徐州市铜山县品种最全、产量最多。竹叶石是呈现竹叶状图案的岩石，布满竹叶状的纹理，竹叶千姿百态，千变万化。竹叶石“家族”庞大，目前已发现的不下十几种，比较常见的灰黑底色紫红竹叶石、灰青底色白竹叶石、淡黄底色黄竹叶石、青灰底色红竹叶石、灰白底色黑边白竹叶石等，都颇具观赏性。

(11)菊花石

菊花石产地分布很广，主要产于湖南浏阳县、北京房山区、湖北宣恩县、河北兴隆县和陕西南部的山区。菊花石是一种带有菊花状花纹的岩石，在黑色的石体上显现由矿物晶体构成的白色“菊花”，而“花瓣”大都对称分布并呈放射状，层次分明，有很强的立体感。天然形成的菊花石，花朵有大有小，有多有少，有疏有密，争奇斗妍，美不胜收，偶尔还会在花朵间发现蜻蜓、昆虫化石，更加活生生地展现了大自然的情趣。

(12)牡丹石

牡丹石产于河南偃师县与登封县接壤的山区。牡丹石是一种带有“五瓣花”图案的岩石。此石表面呈黑灰色，上面散落浅绿色的“五瓣花”，色彩反差很大，“五瓣花”显得分外夺目。将此石说成牡丹石，实在有点歪曲，因为“五瓣花”的形状，与牡丹花并不十分相似，也难以显现牡丹花的雍容华贵。然而，牡丹石也很珍贵，尤其那一朵朵“五瓣花”，姿态各异，布局均匀，既温馨又妩媚，是大自然不可多得的佳作。

(13)梅花石

梅花石产于河南汝阳县。梅花石是一种带有梅花状纹理的岩石。此石呈黑褐色、墨绿色或略带紫色，石中有多彩矿物体，又有棕红色的细脉穿插而过，而多彩矿物体和细脉连在一起，颇像“干腊梅”，所以才被称作梅花石。“干腊梅”上的一朵朵小花，有的红色，有的黄色，有的绿色，有的白色；此外，有的含苞待放，有的傲然怒放，有的簇拥一团，有的星星点点，好像经过一番细心的安排。梅花石着实让人们感到别有一番情趣。

朋友是财富

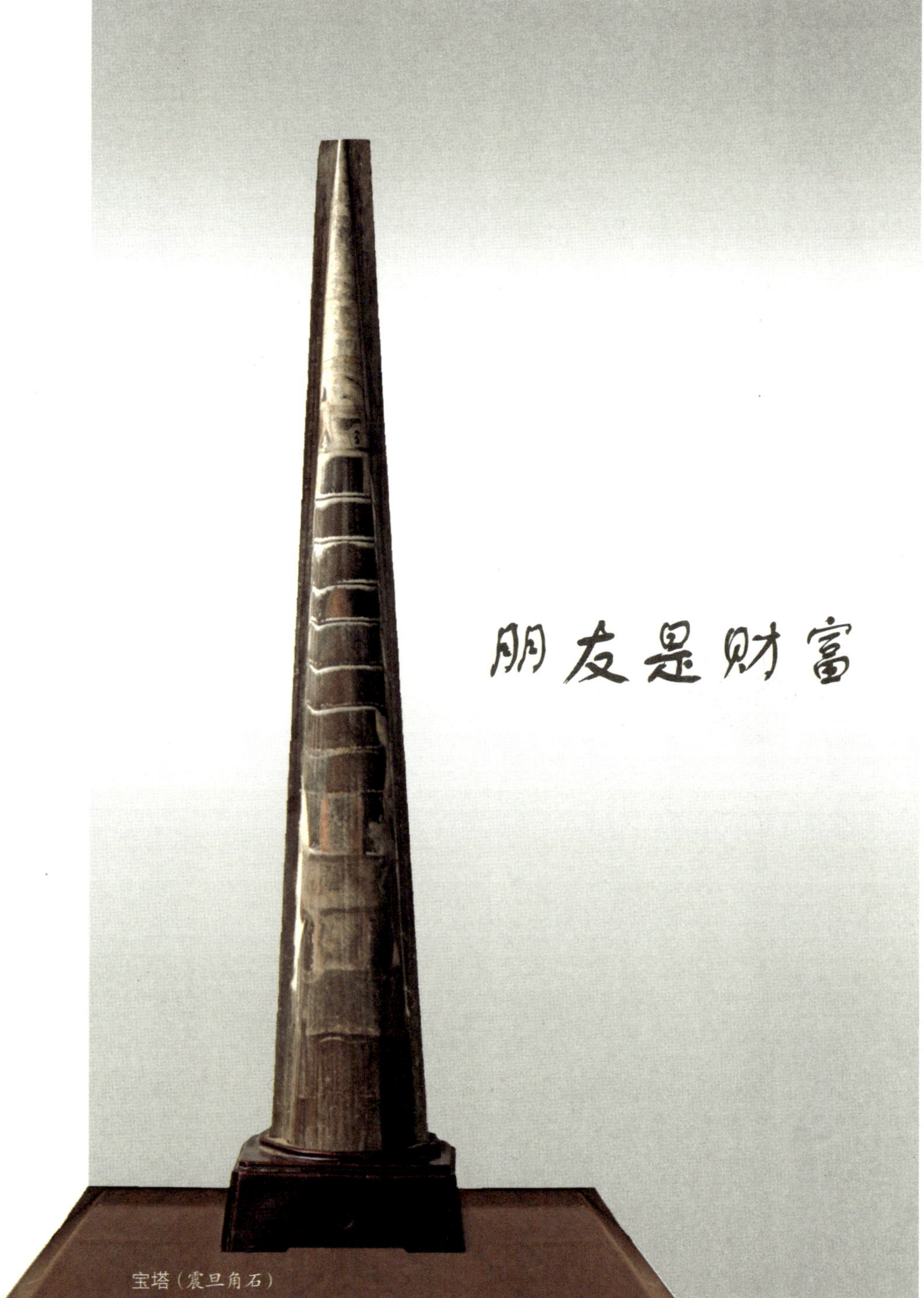

宝塔（震旦角石）

菊石（化石）

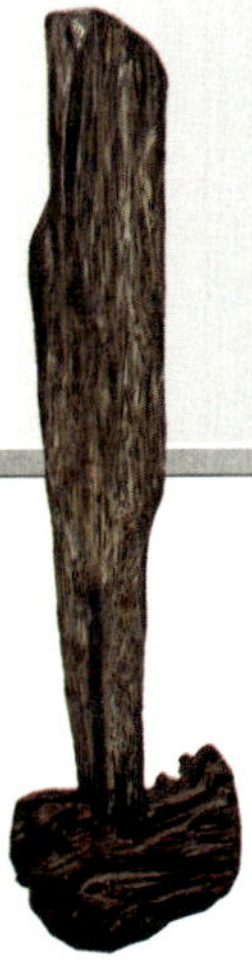

木化石（缅甸）

观音菩萨（博山文石）

独有的菊石和北极石

对于奇石爱好者和奇石收藏家来说，最得意的事情莫过于收藏到属于“独有”的奇石。我所说的“独有”，就是其他奇石爱好者和奇石收藏家都很难搜罗、很难占有，而唯独我有的。这样的奇石，既是值得炫耀的，也是弥足珍贵的。

我所收藏的一些奇石就称得上是“独有”：

我有一块“菊石”的化石，采自世界最高峰——珠穆朗玛峰。在2006年10月，中国科学院国际学术交流中心与今晚报社，共同主办了“中尼科学家穿越喜马拉雅山脉科学探险考察活动”。从尼泊尔境内穿越喜马拉雅山脉，并由中国和尼泊尔科学家共同进行科学探险考察，这在中国科技界还属首次。

喜马拉雅山脉东西长约2400公里，不仅拥有世界最高峰——珠穆朗玛峰在内的极高山峰群，而且拥有从热带到极地寒带的最完备垂直自然和气候分带，是地球上生物的物种最丰富的地区之一。在这次科学探险考察活动中，中尼科学家对喜马拉雅山脉南北坡的地质、地理、人文和经济状况进行了全面研究，为这里乃至全球的环境保护提供了有益的想法。

2006年10月19日，参加这一活动的中国科学家在海拔5200米的珠穆朗玛峰大本营，非常幸运地采集到一些“菊石”的化石。“菊石”是一种海生无脊椎动物，在地球上早已灭绝了。“菊石”有一副美丽的外壳，种类达十几个，形状差别不太大，只是体积大小不一，有的大如盆，有的小如豆。“菊石”栖息在浅海之中，与中国南海现存的鹦鹉螺分外相似，它们是近亲。“菊石”生活的时代，是始于6亿年前、结束于2.25亿年前的“古生代”和始于2.25亿年前、结束于7000万年的“中生代”。到了“中生代”的后期，“菊石”与恐龙一起灭绝，只留下了化石。

据中国科学院地质与地球物理研究所边千韬博士介绍，这次在珠穆朗玛峰大本营采集到“菊石”的化石，距今已有两亿年，由此也证明当年这里曾是一片浩瀚的海洋。

我的这块“菊石”的化石，是我的朋友——陶宝祥和陈思亮赠送

菊石（化石）

菊石（化石）

的。他俩都是中国科学院国际学术交流中心的专家，我与他俩有着频繁的交往。十余年来，他俩代表中国科学院国际学术交流中心，与今晚报社共同策划组织了全球范围内的一系列科学探险考察活动，在国内外引起很大的反响。也就在这一过程中，我们之间增强了彼此的了解，也结下深厚的情谊，成为十分要好的朋友。

他俩赠送给我的“菊石”的化石，具有非同寻常的纪念意义。国内不少省份，国外不少国家，都出产“菊石”的化石，但我所得到的这块“菊石”的化石，却是来自人迹罕至的世界最高峰——珠穆朗玛峰，这是十分罕见的，是其他的奇石爱好者和奇石收藏家很难得到的，因而在奇石收藏界博得一片赞叹声。

我还有一块“北极石”，采自遥远而寒冷的北极圈。在 2003 年 9 月，中国科学院国际学术交流中心与今晚报社，共同主办了“中国科学家北极探险暨风情考察活动”。这是一次充满激情和挑战的“极地之旅”。中国科学家从加拿大进入北美洲的北极地区，围绕北极地区环境状况开展深入的科学考察，对北极地区环境状况与我国青藏高原环境状况进行对比研究，探讨北极环境的变化对我国生态环境的影响。同时，还深入到神奇的爱斯基摩人、印第安人部落区，对极地的独特风俗风情，饶有兴致地进行了考察。

在这次“极地之旅”中，中国科学家在北纬 78° 13' 的北极圈内北冰洋斯瓦尔巴德群岛，采集到这一块“北极石”。只见这一块“北极石”属于石灰岩，体积不大，高不足 10 厘米，但却从石缝中长出一株植物，也是高不足 10 厘米。这一株植物枝繁叶茂，细细的枝干、小小的叶片

不同纬度地区的泰加林

都已风干，不仅十分坚硬，而且整体丝毫未损。让人非常惊讶的是，石上长出的植物竟然是“一棵树”，是在北极圈内极其恶劣环境里，唯一存活的泰加林树种，经过几万年风化演变而成。

我的这块“北极石”，也是我的朋友——陶宝祥和陈思亮赠送的。这是多么难得的一块奇石！一些奇石爱好者和奇石收藏家看到这一块“北极石”，都发出羡慕之声。

我收藏的部分奇石为何称得上“独有”？天津藏石界一位资深人士对我做出这样的表示：你有一个“独有”的“朋友圈”，是“朋友圈”让你有了“独有”的奇石。这“朋友圈”是你的一笔宝贵的财富。

这话有一定道理。曾在几千年前，古希腊作家斯托贝尔就说过这样的名言：“财富不是朋友，而朋友是财富。”这一名言是经过深思熟虑的，是充满哲理的，也是非常符合实际的。不论中外，还是古今，都概莫能外。由此，才使这一名言得以长久流传。

我们所说的“朋友是财富”，有一个重要的前提，就是这个朋友必须具有值得信赖的“品性”。古罗马哲学家西塞罗说：“自己先做一个好人，然后找和你相仿的人做你的朋友。能如此，友谊才能稳固成立。”我在文章中曾多次谈过，在结交朋友时，一定要以值得信赖的“品性”为前提——自己要有这样的“品性”，对方也要有这样的“品性”。何谓值得信赖的“品性”？诸如“真诚”、“忠诚”、“诚实”、“理智”、“信得过”、“体贴”、“友善”、“信任别人”、“负责任”、“热忱”、“可靠”、“开朗”、“不自私”等，都包括在内。双方在这个前提下结交成朋友，是志同道合的，是情真

北极石（采自北极圈内斯瓦尔巴德群岛，
石上植物为风干的泰加林树种）

意切的，是牢不可破的，是天长地久的，也就成为通常所指的“真正的朋友”。

我们所说的“朋友是财富”，正是指“真正的朋友”，而这样的朋友，一定会愿意为你做一切所能做到的事情。俄国大作家别林斯基说：“真正的朋友不是把友谊挂在口上，他们并不为了友谊而互相要求点什么，而是彼此为对方做一切办得到的事。”一个人活在世上，都需要在各个方面，得到不同的帮助。然而，只有“真正的朋友”，才会不断地给你主动的帮助、积极的帮助、热忱的帮助：你的工作遇到困难，他会设法帮你渡过难关；你的生活有了麻烦，他会设法帮你去掉烦恼；你的情绪变得不好，他会设法帮你尽快好转……在很多时候，即使你不需要帮助，他也会“投你所好”，尽心尽力地为你做一些事情：你喜欢看书，他会送你心爱的书籍；你喜欢听音乐，他会约你出席音乐会；你喜欢钓鱼，他会为你寻找垂钓的地方……当然，你如果喜欢奇石，他也会利用有利的条件、难得的优势，尽一切努力替你搜集奇石，让你的奇石收藏更加丰富，更有档次，更具水平。

我的“真正的朋友”——陶宝祥和陈思亮，不就是在奇石收藏方面给予我难能可贵的帮助，从而让我“风光”一把吗？

请记住吧，你的“真正的朋友”，必定是你一生中的“财富”。

南极石（中国科考队于2004年10月25日启程，乘“雪龙”号科考船进行南极冰盖考察，由H-410直升飞机机长采集）

来自马达加斯加的木化石

我收藏的一部分奇石，是非常要好的朋友赠予的。

天津市人大常委会秘书长王世新，是我的好朋友。以前，他在红桥区担任区委书记、区长期间，我们就相识了。我钦佩他对工作的执著、对工作的驾驭能力，更钦佩他为人的正直和善良。所以，我常为有他这样的朋友而自豪。当然，他也为有我这样的朋友而高兴。总之，在长达 20 多年的岁月里，我们彼此之间结下了深厚的情谊。

平日，我们都在各自的工作岗位奔忙，都要努力创造各自的业绩，并不是经常相聚。但偶有相聚，就要不能自拔地在酒桌上畅饮一番。他在不少场合都很少喝酒，可是只要与我相聚，就一定会破例。我俩都是属虎的，属于同龄人，他总是这样说："两只'老虎'凑在一起，喝吧！"随后，他又拿出手机给在家的妻子打电话："我跟长华一块儿喝酒了，今晚不回去了。"妻子一听就明白了，今天他肯定要喝酒，而且喝得还不会少。当然，我也不会少喝。我们都在用这种方式，

木化石（印尼）

木化石（美国阿拉斯加）

木化石（马达加斯加）

来向对方表达情感——不管这种方式是否得当，但我们却是实实在在地这样做的。

世新知道我酷爱奇石，也就一直暗暗记在心里。

2006年春季的一天，已经临近中午了，我突然接到他的电话，只听他劈头就问："你在单位吗？"

"我在单位，有什么事吗？"我连忙反问。

"我去看一看你，一会儿就到。"他没有回答我的提问，就结束了通话。

过一会儿，他风尘仆仆地来到我的办公室。

原来，他到市里一个部门去办事，回来的路上恰好途经我所工作的今晚报社，于是就匆匆赶来了。

"他到底有什么事？"我的心里还在琢磨，只见他什么也没说，就从皮包里取出几块木化石。

"这是给你送来的。"他终于表明来意，"我的妻子最近出访马达加斯加，在那儿买了这几块木化石，费了许多周折才捎回天津。我知道你喜欢奇石，也就抽空儿给你送来了。"

"这，这多不好意思……"我一听非常感动，一时找不出更好的语言来表达，只是喃喃自语。

"有什么不好意思。"他打断了我的话，"这几块木化石就是送给你的。"

我的心里很清楚，这几块木化石是十分珍贵的——其珍贵之处是来自马达加斯加。我查了一下地图，得知马达加斯加是非洲东南部海洋中的岛国，中部为地形险峻的高原，东西部为地势坦荡的平原。岛内河流很多，水流湍急，飞花溅玉，景色十分秀丽，是一个旅游的好地方。然而，对于中国来说，这又是一个多么陌生的国度，多么遥远的国度。

我收藏了许多木化石，有些出自中国的辽宁、内蒙古、新疆、广西，也有些出自国外的巴西、美国、南非、缅甸、印尼、蒙古。现在有了这几块出自马达加斯加的木化石，使我的木化石收藏更加丰富。

木化石是化石“大家族”里的一个“重要成员”，由树木演化而成。大约在 1.5 亿年前，随着自然界的变化，成片的树林逐渐被泥土、沙石和火山灰所埋藏，在密封和高温条件下，经过含硅的地下水长期硅化，形成了“硅化木”，也就是今天所说的木化石。后来，几经地质变迁，陆地不断上升，使得埋藏在地下的木化石重见天日。

木化石的种类，可分为普通硅化木、蛋白石硅化木和玛瑙硅化木，其中以玛瑙硅化木最为名贵。玛瑙硅化木以玛瑙即“玉髓”矿物成分为主，经打磨以后呈现各种艳丽的色彩，熠熠闪光，美不胜收。

来自马达加斯加的这几块木化石，就属于玛瑙硅化木，纷呈的色彩巧妙地融合在一起，隐约中还可看出年轮的痕迹，别具一番特

木化石（马达加斯加）

木化石（缅甸）

木化石（巴西）

色，让我爱不释手。

从世新赠予我木化石一事中，足可看出我们之间的友情。我与他相交 20 多年，始终保持着联系、保持着交往，更保持着相互之间的信任和支持。

人的一生，会有很多同乡、同学、同事，也会有很多各行各业的熟人，但不一定能成为朋友。我与世新书记成为好朋友，是因为我们有着共同的“择友之道”。

社会心理学认为，人们之间建立密切的人际关系，并逐步成为朋友，需要具备各种因素：其一，邻近性——人与人之间居处相邻或所从事工作、活动地点相邻，常常会互相吸引，有助于密切关系；其二，频繁性——人们之间相互接触的次数很多，较为频繁，有助于密切关系；其三，相似性——交往双方有较多类似之处，很容易产生相互接触的兴趣，有助于密切关系；其四，互补性——彼此之间既存在较大差异，又都有相互的需要，在双方都得到满足的前提下，各自从对方获得自己所需要的东西，有助于密切关系。

此外，还有一个更为重要的因素，即人的品性——人与人之间要保持持久的信赖、持久的交往，归根结底取决于双方的品性。人们在结交朋友时，都会非常看重对方的品性。究竟要看哪些品性呢？社会心理学提出人的这样的表现："真诚"、"忠诚"、"诚实"、"信得过"、"理智"、"体贴"、"友善"、"信任别人"、"负责任"、"热情"、"可靠"、"开朗"、"不自私"等。有了这样的表现，也就在人际交往中，有了"最值得对方喜欢"的品性。在这个基础上，相互之间结交为朋友，是志同道合的，是情深意切的，是天长日久的，甚至是愿意为对方做一切所能做的事情的。

我们的生活中，在吃吃喝喝、拉拉扯扯基础上结交的朋友，是"酒肉朋友"；在结帮拉派、谋取私利基础上结交的朋友，是"狐朋狗友"。这样的朋友，不是真正的朋友，是绝不会长期交往下去的。

总而言之，人们之间能够成为好朋友有各种因素，如邻近性、频繁性、相似性、互补性和人的品性等，而最主要的是人的品性，这是必不可少的基础。

所以，我们结交朋友，都务必把"人的品性"摆在第一，务必把"人的品性"看得最重——这就是我和世新书记的"择友之道"。

我国有许多古训，对"择友之道"有精辟的见解。《格物联璧》中写道："博弈之交不终日，饮食之交不终月，势利之交不终年，唯道义之交可以终身。"北宋文学家欧阳修认为，高尚的人之间交往，都是志同道合的，所以才会成为很好的朋友，为此，他留下一句名言："君子与君子以同道为朋。"

十分有趣的是，有些古人在向忠诚的朋友表达感情时，还与石头紧密联系起来。唐代诗人孟郊曾向朋友表白："怎样才能保持神心相交的友谊呢？我向你送去高山上的岩石，要像岩石一样坚定不移。"于是，他给朋友写下这样的诗句：

何以定交契，赠君高山石。

木化石（印尼）

颇似观音的博山文石

在与朋友的交往中，我是公认的“出手大方”的人。向朋友馈赠一些物品，或是对朋友进行一些资助，没有人送过我“吝啬”的字眼，而更多的是得到“慷慨”的赞扬，有时甚至还说我向来“拿东西不当东西”。

然而，对于奇石而言，我就谈不上“慷慨”了，更谈不上“拿东西不当东西”了，而是一反常态地变得很“吝啬”。

这是一件发生在 1997 年的事情：

这一年的春天，我与《今晚报》原副总编辑、中国首届韬奋新闻奖获得者陈礼章，一起随同著名作家冯骥才来到泰安市。当时，冯骥才所写的题为《泰山挑工》的散文，被选入小学课本，泰安市委、市政府决定向他授予“荣誉市民”称号，并举行一个隆重的授予仪式。我与陈礼章都应邀出席了这一仪式。

离开泰安市以后，我与冯骥才、陈礼章驱车奔往一百多公里之外的淄博市。我的老家就在淄博市，那里有春秋战国时期齐国故都遗址，有清代大文学家蒲松龄的故居，还有自古以来就遐迩闻名的奇石——博山文石。

博山文石产于淄博市博山区，在土中生成，或为物状，或为山峦，或玲珑剔透，充满了情趣。博山文石的纹理也变化多端，有的点线交错，有的弯弯曲曲，有的平行不悖，有的延伸有序，形成不同的皱纹，诸如斧劈纹、荷叶纹、卷云纹、流水纹、蜂窝纹、裙带纹之类，展现出无穷的意趣。由此，淄博文石形成了十分独特的风格，并一直在藏石界受到大家的瞩目。

来到淄博市，我们下榻在淄川区的一家宾馆里，受到热情款待。其中，在全国有着广泛影响的冯骥才，更是受到很高礼遇，一时成为当地媒体追逐采访的对象。我与当地的领导同志常有交往，彼此之间也很熟悉。我们既然来到了博山文石的产地，那么

观音菩萨（博山文石）

当地的领导同志也就顺理成章地要向我们赠送博山文石。

当日下午，当地的领导同志让有关人员将三块博山文石送到我的房间，并叮嘱我留下一块，再送给冯骥才一块，送给陈礼章一块。

望着这三块博山文石，我都非常喜欢，但也不能独自占有，只能“取其一”。但如何去“取”，我的心里马上就有了“谋划”。

我首先拿出一块博山文石，只见石质润泽，纹理细密，呈现山峰的形状，分外招人喜欢。我将这块博山文石送到冯骥才的房间，用开玩笑的口吻说：“现在这种奇石越来越少了，尤其是上品更少，人家只送来一块，挺棒的，就送给您吧！”冯骥才收下之后，显露出高兴的样子。当时，陈礼章恰巧也在冯骥才的房间里，可能是由于只给冯骥才送来博山文石，并没有送给他，所以他的脸上尽管露出笑意，却笑得不太自然。我想，这是因为他一向对奇石也很喜欢，也希望得到一块博山文石。

我的心里十分有数，一切都按照我的“谋划”进行。

过了一会儿，我又拿出一块博山文石，石质也很润泽，纹理

奇峰（博山文石）

龟壳（龟纹石）

也很细密，也呈现山峰的形状，很惹人喜爱。我将这块博山文石送到陈礼章的房间，照样用开玩笑的口吻说："我又找人家要来一块，就送给您吧！只送冯骥才，不送您，实在太不合适。至于我嘛，这里是我的老家，我会经常来，以后还有很多机会。"陈礼章得到这块博山文石，脸上立刻绽开满意的笑容，连连表示感谢。

最后，还剩下一块博山文石，就是我留下的了。

这块博山文石，高约30厘米，是一块象形石，其轮廓非常像"观音菩萨"。只见"观音菩萨"飘逸地站立，头部微微前倾，衣袖落落大方，再配上雕有一片片云彩的木头底座，仿佛从遥远的天际徐徐而来，顿时让人感到带来了慈祥，带来了吉利，带来了欢愉。

我一见到这块博山文石，就爱不释手了，并决计留下来。当时，我没有将实情告诉冯骥才和陈礼章，他俩一直以为我在发扬"风格"，各自送他俩一块博山文石，唯独没有留给自己——实际上我已经把一块最好的博山文石留给自己。

这与我平日为人处世的风格大相径庭。

以往，三个人在一起，要分3张戏票，我会先让其他两个人去挑座号最好的票，而把座号最差的票留给自己；三个人在一起，要分3个苹果，我会先让其他两个人把大个儿的挑走，而把小个儿的留给自己。这才是我的一贯做法。

然而，我这次却没有这样去做。

回到天津以后，这件事情不时让我回忆起来。我有一个习惯，就是在繁忙工作之中，只要紧张的节奏稍有缓和，总要静下心来思虑一下所做过的事情：哪些事情做得对，哪些事情做得不对，以后要注意什么，要避免什么。我知道，我与冯骥才、陈礼章有着深深的交情，彼此之间是很信任的，而他俩都知道我非常热爱奇石，以致达到痴迷的程度，所以对我的举动会有所理解，更会有所谅解。但我却不能对自己“谅解”，于是决定在适当时机向他俩道出实情。

后来，我们凑在一起吃饭，在座的除了冯骥才、陈礼章之外，还有报社的一些同事。席间，大概是由于我喜爱奇石的缘故，大家总免不了让我说一下收藏奇石的经历。我几杯酒下肚之后，趁着冯骥才、陈礼章都在场，就借着“酒劲”把这一段经历如实地、诚实地说了出来……

听罢我的讲述，冯骥才、陈礼章都笑着点一点头，表示终于

月晕（天峨石）

相依（鹦头贝化石）

明白了实情，但没有责备的话语，也没有抱怨的表情。可是，在座的各位却像听了一段“逗哏儿”的“笑话”，都忍不住地哈哈大笑起来，而且笑得那么开心……

说来也怪，就在这一片笑声中，我的脑海里突然闪现一个熟悉的词汇：“内省”。

所谓“内省”，就是指在心里进行反省。“内省”一词最早见于《论语》，是由孔子说出来的。孔子曾说：“内省不咎，夫何忧何惧？”其意是自己检查自己，没有什么过错，有什么可以忧虑和惧怕呢？孔子又说：“见贤思奇焉，见不贤而内省也。”其意思见到贤良的人就要向他看齐，见到不贤良的人，就要警惕自己不要像他那样。《论语》中还记载了孔子的弟子——曾子的一句更为广泛流传的话：“吾日三省吾身。”这句话是让我们每天都要多次反省自己的言行，哪些事情做得不好，就要尽快改正。

由此可见，“内省”充分体现了“自律”精神，是加强道德修养的一个重要内容。

今天，我们强调“内省”即进行反省，就是要多进行自我批评，不断克服错误的道德观念、道德情感和道德行为，逐步培养良好的道德品质，让精神境界得到进一步的升华。毛泽东曾说：

“房子是应该经常打扫的，不打扫就会积满灰尘；脸是应该经常洗得，不洗也会灰尘满面。我们同志的思想，我们党的工作，也会沾染灰尘的，也应该打扫和洗涤。”这一精辟论述深刻地告诫我们，通过“内省”克服自身缺点进而加强道德修养，是多么的重要！

当然，倘若将我与冯骥才、陈礼章的这一段经历，与“内省”即进行反省联系起来，不少人会对我说“大可不必”。他们认为，你跟冯骥才、陈礼章的关系那么好，又那么喜欢奇石，这一举动没有什么，大家只是当作一桩笑谈，而且还觉得挺有趣、挺好玩儿的。

但我却感到，自己的这一举动还是有些不恰当。更重要的是，即使不与这一段经历联系，我们也要引起警觉，在平时的工作和生活中，一定时刻不忘“内省”，不忘自我反省，以此去努力加强道德修养。因为，对于任何一个人来说，都是既有优点又有缺点，而“内省”是发扬优点、克服缺点的最好途径，是逐步培养良好道德品质的最佳选择。如果长期坚持下去，毋庸置疑地会深受其益，并永远保持较高的道德水准，树立良好的形象，甚至展现人格的无穷魅力。

——这是我通过收藏奇石从精神上得到的一个意外收获。

文房四宝（墨石、风棱石 等）

·石谱三·

色 彩 石

通常是指在石表显示美丽色泽的岩石，既有单色，又有双色和复色，不在于形成什么样的画面，而是能尽显色泽的魅力，让人们产生赏心悦目的感觉。

(1)大化石

大化石产于红水河流域的广西大化县。大化石光洁度好，玉质感强，形状以层台型为主。此石的表面包含 7 种色彩，有的大红大紫，有的纯黑纯白，有的又蓝又绿，有的金黄赤橙，更有的一石数色，交替显现，艳丽无比，韵味十足。大化石是观赏石中的奇葩，集中了全国许多观赏石的优点，备受人们的“宠爱”。

(2)彩陶石

彩陶石产于红水河流域的广西合山市合里乡马鞍山村旁。彩陶石十分光滑，犹如古代制作精良的陶器，被涂上美丽的釉色，所以才被当地人自豪地起个这样的名称。彩陶石，多见平台、层台的形状，大者重数吨，小者可掌上把玩。彩陶石有翠绿、墨黑、橙红、棕黄、棕褐、灰绿色等，有“纯色石”和“鸳鸯石”之分，“鸳鸯石”又有双色、多色之分。彩陶石让人们最看重的是色泽，常常产生强烈的视觉冲击力。

(3)三江石

三江石产于广西柳州市三江县和桂林市龙胜县境内的浔江河道。三江石大多为卵石，不仅石体坚韧，而是尤以色彩斑斓而著称。大的三江石长数米，小的三江石则只有几十厘米。三江石有血红、红棕、蜡黄、墨绿等，多数为各种颜色交互穿插，在光润圆滑中显现无穷的变化。较为少见的以血红色为主的“红彩卵石”，更负有盛名。

(4)乌江石

乌江石产于贵州乌蒙山区的乌江河道。乌江石既十分坚硬，又晶莹柔和、光可鉴人。此石造型各异，尤以色彩取胜，有 3 种基本色调，即绿、黄、白，而绿为母色。乌江石的绿，有草绿、灰绿、墨绿之分，草绿显示清丽，灰绿显示素雅，墨绿显示厚重，都深深受到人们的青睐。

(5)贵州青石

贵州青石产于贵州凯里市的山区清水河下游。贵州青石造型别致，既有巨型园林石，又有大中小型观赏石。此石十分温润、光洁，手感很好，色泽以青为主调，青得深沉，青得典雅，青得俊秀，可谓“青新盎然”，极具美感。

(6)崂山绿石

崂山绿石产于山东青岛市崂山脚下的海湾，又被称作“海底玉”。崂山绿石质地润泽、细密、晶莹，而更大的特色是色彩绚丽——以绿色为基调，或墨绿，或浅绿微蓝，间有白、蓝、赭色交错，更显变幻之美。崂山绿石主要分为两种：一种是被称作“板子石”的画面石，展现供人欣赏的画面效果；另一种是被称“镶嵌石”的造型石，展现供人欣赏的各种山峦景观或抽象景观。崂山绿石以天生丽质，产生一种独有的魅力，不少人以收藏到一块称心如意的精品为乐事。事实上，崂山绿石中的精品并不多见，倘若能够觅到，那真是一种幸运。

(7)长江绿泥石

长江绿泥石产于长江中上游泸州市至宜宾市一带。长江绿泥石为卵石或形状各异的怪石，质地坚韧、光滑、圆润，给人们以素雅的感觉；色泽有草绿、青绿、墨绿、金黄等，又给人们以深沉的体验。长江绿泥石凹凸不平，错落有致，不论是展现精妙绝伦的画面，还是展现巧夺天工的色泽，都仿佛是匠心独具的浮雕，充溢一片生机。

凡事要有主见

玫瑰（金海湖石）

青豆（风棱石）

海上日出
（黄河石）

木化石（巴西）

极像的像形石

在内蒙古西部的阿拉善盟，神奇的大漠，神奇的沙山，神奇的草原，神奇的胡杨……构成一个个神奇的景观，被称为“中国秘境”。近些年来，这里又发现一个“神奇”，就是散落着许许多多的令人不可思议的奇石。

其中，这里的“玛瑙石”，是一种质如刚玉、润似水晶的奇石；这里的“沙漠漆”，是一种色泽凝重如“漆皮”一般的奇石；这里的“沙漠玫瑰”，是一种团团晶簇似花朵一般的奇石。此外，这里的其他形形色色的奇石，更是数不胜数。

但在这里最受追捧的是“玛瑙石”，尤其是“玛瑙石”中的“葡萄玛瑙”，与一串串大小不一、晶莹剔透的葡萄有些相像，被当地人誉为“珍石之王”。所以，大凡奔往这里寻石的人们，最先关注的是“葡萄玛瑙”，最先观看的是“葡萄玛瑙”，最先收藏的也是“葡萄玛瑙”。

我作为一名奇石爱好者，对“葡萄玛瑙”的鉴赏，并不“盲目跟风”，而是有着自己的主见。我赞扬“葡萄玛瑙”的精美、精致和高

葡萄干（风棱石）

雅，认为很多人追捧“葡萄玛瑙”也在情理之中。但我由衷地感到，最值得青睐、最值得寻求的奇石，却应当是这里的像形石。

因为，阿拉善盟无垠大漠中的一些像形石，与自然界中实物相比，绝非一般的相像，实在是太相像了！

这是我所经历的事情：

我于两年前在北京弘燕奇石市场，遇上一个刚刚从阿拉善盟赶来的牧民。当时，他从未开封的箱子里拿出一块块奇石，任我去挑选。他极力推荐我收藏“葡萄玛瑙”，但我以前早已收藏两块，所以也就没表现出多大的兴趣。紧接着，我又不厌其烦挑来挑去，突然发现一块体积很小的像形石，呈现椭圆形，黄色的表皮显露纵横的纹理，与刚从田地里刨出的“独粒花生”毫无二致。

花生（亚丹石）

这真是太稀有了！

此刻，我蓦地产生一种联想：在台北市故宫博物院，陈列着被称为“镇宫之宝”的清代的肉形石，凡是前去参观的人们都会忍不住去观看，并长久地留下深深印象。然而，这一块肉形石是经过一番加工而成，绝非“纯天然”。但眼下的这“独粒花生”，却是不带任何人工痕迹的“大自然杰作”。

当时，让我始终难以理解的是，那位牧民竟然对这“独粒花生”并不看重，让我只花几十元就轻而易举地买走了。

自从得到这“独粒花生”之后，我认定只要亲临阿拉善盟，就一定能发现更多的像形石，一定能有更丰厚的收获。所以，我开始向往阿拉善盟，渴望尽快奔到阿拉善盟。

一个难得的机会终于来了。

去年7月，我作为中国晚报工作者协会执行会长，前往银川市出席年会。银川市距离阿拉善盟很近，只用一两个小时的车程，就可抵达阿拉善盟政府所在地——巴彦浩特市。年会结束后，与会代表用一天的时间去游览风景名胜，有的奔往西夏王陵，有的奔往沙湖，有的奔往西部影城……唯独我与同行的今晚传媒发展战略研

硕果累累（葡萄玛瑙石）

究所所长张维功奔往巴彦浩特市。

巴彦浩特市的市区面积不大，但大街上的奇石商店一个接着一个。市区的一块块空地上，也挤满了来自草原的牧民摆起的奇石地摊，而不少当地居民则都在家中腾出房间，设立了奇石柜台。一到这里，就有一种被星罗棋布的奇石所包围的强烈感觉。

当时，我在这里有着非常明确的目标：要看阿拉善盟最出名的“葡萄玛瑙”，也要看“沙漠漆”、“沙漠玫瑰”，但一定要拿出主要的精力去寻觅像形石。因为，达到“极其相像”程度的像形石，只有在这里才能发现，而这样的像形石能让人们惊奇，能让人们叹息，甚至能让人们产生一种震撼。

我抱有这样的主见，去逛街上的奇石商店，去逛牧民的奇石地摊，去逛居民的奇石柜台……我发现这里的人们都极力向我推荐“葡萄玛瑙”，几乎绝口不谈像形石。这里的“葡萄玛瑙”价格，已经高得离谱了，动辄一块上万元、几万元甚至十几万元、几十万元——这已不是物有所值。我想，让那些日本、韩国客人，让那些港澳台人士，让那些腰缠万贯大款，去钟情于“葡萄玛瑙”吧，我要去干自己认准的事情，去抓紧一切时间搜罗像形石。

未曾料到，我的收获太大了！

我与张维功来到一户居民家中的小院，发现一间在存杂物的小屋里摆放着的奇石柜台，就信步走去。

刚一进门，张维功用眼睛巡视一下，立刻惊讶地喊起来：“瞧！

这不是‘小土豆’吗？”

我顺势一看，只见奇石柜台一个角落果然有一堆“小土豆”，其浅黄的颜色、带皱的表皮和黝黑的虫眼儿，都与菜市场里的小土豆一模一样。

对于这一发现，尽管我依然不露声色，但内心已经异常兴奋。

这户居民家的女主人已届中年，面孔黑里透红，身体粗壮，不像城里人，倒像来自草原的牧民。她对“小土豆”毫不感兴趣，毫不看重。当我打探价钱时，她很随意地说要 10 元。我二话没说，当即就以一种惊喜的心情，把这特别珍稀的“小土豆”买走了。

随后，我与张维功又急匆匆地奔向露天的奇石地摊。

我在地摊之间穿来穿去，突然在一个地摊上发现一堆绿色的长条状小石头，在阳光的照射下显得分外抢眼。我将这些小石头翻看了一遍，竟然找出两只“小辣椒”，其中的一只小辣椒很完整，另一只小辣椒有两个虫眼儿，但都绿油油得如同刚采摘下来一样，煞是惹人喜爱。

我拿起两只“小辣椒”递给张维功一看，他大吃一惊，忍不住地呼了一声：“像，真像呀！”

这个地摊的主人是地地道道的草原牧民，对两只“小辣椒”也不感兴趣，也不看重。我又只花 10 元就把这特别罕见的两只“小辣椒”买走了。

当时，我只有一个愿望：抓住难得的机会，利用宝贵的时光，争

带虫眼小辣椒（风棱石）

黄豆（风棱石）

绿豆（风棱石）

豇豆（风棱石）

取多逛一些地摊，再去搜寻更多的像形石。

真是幸运极了，我果真如愿以偿，又相继买到一批“极其相像”的像形石，有的像“大红枣”，有的像“青枣”，有的像“葡萄干”，有的像“大米”，有的像“绿豆”，有的像“青豆”，有的像“黄豆”，有的像“豇豆”……这些收获让我满意，让我满足，让我满心欢喜。

我把这些像形石捎回天津，奇石收藏界的一个朋友看后有些不解地问：“你怎么一下子就有这么多的收获？”

我毫不犹豫地回答：“凡事要有主见。”

停顿一会儿，我又进一步解释：“怎样鉴赏奇石，怎样估价奇石，怎样收藏奇石……不管别人怎样说，不管别人怎样做，但我一直有着自己的主见，总是按照自己的主见去行事，从来也不动摇。”

这是我的心里话。我深深地感到，一个人不论做什么事情，要干得与众不同、干得出众，就一定要具备“凡事要有主见”这样一种素质。

特别要指出的是，做到“凡事要有主见”的一个重要前提，就是必须正确对待“从众现象”。

什么是“从众现象”？

社会心理学认为，“从众现象”是指个体在群体的压力之下，其行为表现出与群体中的多数人保持一致的现象。“从众现象”是日常生活中一种极为普遍的行为。这种行为带有一定的被动性，更多地表现为在做出某种决定时，或是“随波逐流”，或是“随大流”，或是“人云亦云”……也就是说，要做出“与大家一致”的选择。

就“从众现象”本身而言，并无好坏之分、

褒贬之别。“从众”也罢，不去“从众”也罢，都要进行具体的分析，然后再做出具体的对待。

有的时候可以“从众”。譬如，一个人对情况不甚熟悉、不甚明白，又不具有相关的知识，不愿单独做出决定，就去观察多数人的举动，并得知多数人的举动是正确的，于是就跟着多数人一起去做。这样的“从众”无可厚非。

有的时候不必“从众”。譬如，一个人对情况十分熟悉、十分明白，又具有相关的知识，往往愿意单独做出决定，即已经很清楚多数人的举动并不恰当，由此也就不会跟着多数人一起去做——这就是通常所说的“凡事要有主见”。

一个人有了正确的主见，在多数人的举动并不恰当之际，不会一味跟在他们身后，常常表现出一种自信，并以果敢的态度，当机立断地选择自己的举动。即使一时面对孤独甚至怀疑、非议，也都毫不介意。总之，绝不轻易改变自己的主见，始终固守自己的主见。

只有这样，才能不去简单地重复别人干过的事情，才能去干别人没有干过的事情，才能最终干成别人没有干过的事情，从而在事业上有所突破，有所发展，有所建树。

倘若我们具备了“凡事要有主见”的素质，在把事情干成的过程中，就会始终伴随着这样一种美妙的境界：“运用之妙，存乎一心。”

小山包（沙漠漆石）

海上日出（黄河石）

“得意”于黄河石 “惋惜”于泰山石

在我所收藏的奇石中，有一块扁圆的黄河石，一幅十分逼真的“海上日出”画面跃然而出，真是绝妙极了！

黄河从青藏高原奔腾而下，经过高山峡谷，接近兰州地段逐渐平坦。黄河石为卵石，主要产于黄河上游甘肃刘家峡水库至宁夏青铜峡水库的河道之中，尤以兰州地段所产最多。所以，自古以来，黄河石又被冠以“兰州石”之名。

黄河石大小不一，大多都重几公斤、十几公斤，也有的重几十公斤甚至上百、上千公斤。它的观赏价值，在于石面纹理的组合：有的能形成大自然风光，如日出、悬月、峰峦、山河、瀑布、乡野、丛林等；有的能形成人物和动物，如老叟、仕女、僧人和马、牛、羊、鸡等；有的能形成文字符号，如汉字、阿拉伯数字等。此外，有些黄河石虽然不能形成大自然风光，不能形成人物和动物，不能形成文字符号，但也色彩斑斓、异彩纷呈，看上去分外和谐、分外舒服，具有一种无以名状的抽象美。总而言之，这一出自黄河的名石，可谓变幻无穷，无奇不有。

黄河石中的上品极为罕见，一般都要求完好无损，温润光滑，触感柔合，呈现浑然天成的画面，以妙不可言的意境取胜。

我所收藏的“海上日出”，就是黄河石中的上品。只见，在浩瀚的大海之中，半轮红日冉冉升起，天空浮动着一缕缕棉絮般的云彩，一波又一波的浪潮奔涌而来……这种给人以希望、给人以激情的画面，出自哪一位画家之手？不，这是大自然的巧夺天工的“杰作”。

这块名为“海上日出”的黄河石，是我在6年前一个秋高气爽的日子，非常果断买到手的。当时，我与今晚报社的几位同事途经济南市并留住下来。第二天清晨，在我的提议下，大家来到英雄山文化街——这里遍布出售玉器、石雕、木雕、铜器和字画的店铺，当然也有不少出售奇石的店铺。当大家走进一家店铺时，我的眼睛一亮，突然发现了这块黄河石，就再也迈不动脚步了。

我决定买下这块黄河石。

群虾（蓟县虾米石）

花儿竞放（菊花石）

经过一番艰苦的讨价还价，价钱降下10倍，店主极不情愿地定为1000元。就在我准备掏钱之际，有几位同事立刻将我拦住，都说是“价钱太贵”，随后就拉着我转身离去。

我理解这几位同事的好意，他们是想趁机要挟店主再压低一下价钱。但我的心里十分有数：“价钱不可能再低了。”同时，我已经暗暗拿定了主意：“这是一块很难见到的奇石，倘若今天失去了机遇，以后恐怕就很难再碰上。有句老话是‘过这村就没这店’，千万不要犹豫不决了。机遇来了，就要立即抓住！”

于是，我很快就让随行的妻子返回来，当机立断地买下这块黄河石。

实践证明，我所做的决定是“英明”的。这块“踏破铁鞋无觅处”的黄河石，居然“得来全不费工夫”。如今，随着社会上“藏石热”的不断升温，这块黄河石的“身价”不知已经涨了多少倍。

当初，我能够这样做，是因为有过一次令人遗憾的教训。

10年前，我陪同著名作家冯骥才来到泰安市。当时，冯骥才撰写的散文《泰山挑工》，被选入小学教材，泰安市委、市政府特意为他举行隆重的仪式，授予他“荣誉市民”称号。

一天傍晚，我与一位同事逛街，在岱庙附近的一个小店铺，发现三块奇异的泰山石，分别由石纹形成三个清晰的汉字：“万”、“山”、“红”。泰山石产于泰山及其周边地区，是一种灰色的花岗岩，质地特别坚硬，粗犷中显出庄重。其中呈现文字的泰山石，十分稀有，十分难得。所以，我决计买下。

经过苦口婆心的交涉，店主终于答应给600元就可买走。但我的同事出于好心，拽起我的胳膊就走，打算以此给店主施加压力再降一些价钱。不料，店主对我们的举动毫不理睬，任凭我们匆匆离开。

回去之后，我准备第二天一早再赶来，将这三块泰山石买下。但出乎意料的是，我被临时通知参加冯骥才在一所小学的交流活动，而这个活动刚一结束，就又马不停蹄地赶往淄博市。我就这样失去了购买的机会，从此与这三块泰山石断了“缘分”。

如今，这三块泰山石的“身价”究竟如何？常言道：“物以稀为贵。”它太稀缺了，即使“身价”比当初高出十几倍甚至几十倍，也在情理之中。

波峰浪谷(金海湖石)

然而,我却没有抓住机遇,丢失了这三块泰山石。每每回想起这件事,我总是后悔不迭。

这两次经历,使我悟出一个深刻的道理:不论做什么事情,都必须树立强烈的“机遇意识”。

所谓机遇,即指有利于事情向好处发展的时机、机会。有了机遇,就从“时间”上出现千载难逢的时机,万万不可轻易放过;有了机遇,就从“空间”上出现大功告成的机会,更要善于牢牢捕捉。

在我国的古籍中,不乏这样的警句:“机不可失,时不再来”;“疑行无成,疑事无功”;“当取不取,过后莫悔”。也就是说,机遇来了,绝不能失去,而行动迟疑就必定要失去,进而也就会做不成任何事情。

西方的一些哲人,也有不少精辟的见解。古希腊的柏拉图说:“一个人不论干什么事,失掉恰当的、有利的时机,就会前功尽弃。”法国的卢梭说:“人们对于时机重视不够,就会坐失良机。”德国的歌德说:“善于捕捉机会者为俊杰。”这些充满智慧的话,也都是在告诫我们面对机遇,既要高度重视,又要加倍珍惜。

如何才能不失时机地抓住机遇呢?如果对所做的事情,有丰富的知识、有丰富的经验,并产生敏锐的辨别能力,那么当机遇到来之际,就一定能紧紧抓住。以我果断购买有“海上日出”图案的黄河石的经历,就可证明这一道理:首先,我对奇石的界定、奇石的分类和奇石文化的源流,都进行过比较深入的研究,并撰写一本在全国畅销的书籍,具备鉴赏奇石的知识;其次,我收藏奇石已达 20 多年,在这漫长的岁月里,对各种各样的奇石,有过“看走眼”的尴尬时刻,更有过“看得准”的惬意处境,具备搜罗奇石的经验;还有,由于我具备鉴赏奇石的知识、搜罗奇石的经验,因而对哪一块奇石应当“弄到手”,哪一块奇石可以“弃之不理”,心中都非常有数,也就自然而然地具备对奇石进行准确选择的辨别能力。

由此,在我收藏奇石的生涯中,一旦机遇来了——碰上名副其实、名不虚传、名列前茅的奇石,就像猛然发现一条“活鱼”一样,绝不会置之不理,而是马上就兴奋起来,一下子就把“活鱼”抓住了。

收藏奇石如此,干其他任何事情也如此。你想增强抢抓机遇的本领吗?那么,就要增加丰富的知识,积累丰富的经验,并产生敏锐的辨别能力。

太极图(黄河石)

来之不易的巴西奇石

我曾于 2004 年 7 月赴南美洲的巴西，参加中国科学家亚马逊河流域科学探险考察活动的启动仪式。这一活动由今晚报社与中国科学院国际交流中心、天津中新药业集团共同主办，是在世界上继美国之后第二次深入亚马逊河流域进行大规模的综合的科学探险考察，在国内外都产生很好的反响。

亚马逊河是世界流量最大、流域面积最广的河流，也是世界最长的河流。亚马逊河自西向东流淌，最宽处达一二十公里，沿途接纳了 1000 多条支流，最后将大量的淡水注入大西洋。在世界所有河流中，亚马逊河注入海洋的淡水竟然占到十分之一，以致在远离河口 300 公里的大西洋中，还可以看到黄浊的河水，所以有人将亚马逊河口一带称为“淡水海”。

亚马逊河流域还有世界最大的热带雨林。这里的热带雨林，面

木化石（巴西）

积达 300 多万平方公里，占世界现存热带雨林面积的三分之一，不仅动植物资源极为丰富，而且产生大量的氧气，所以又被人们称为“地球之肺”。

参加这次科学探险考察活动的中国科学家，深入亚马逊流域腹地，完成了 12 项重要的科考工作，其中包括热带洪溢森林考察、水产鱼类资源考察、猴类和鸟类保护地考察和土著居民生产生活环境考察等，表明中国人民有能力探求地球未知领域，并对全球范围内谋求可持续发展作出应有的贡献。

我能亲自参与这一科学探险考察活动是幸运的，更是惬意的。我与原天津中新药业集团董事长詹原竞一起随中国科学家抵达巴西，主要任务是参加这一科学探险考察活动的启动仪式。同时，我还知道巴西是盛产奇石的国家，尤其是紫晶石、黄晶石、水胆玛瑙和各种木化石等，享有很高的声誉。但由于此行日程非常紧张，我能不能抽出空儿买回一些奇石，心中始终没有把握。

我与詹原竞随科学探险考察队来到玛瑙斯市——这座城市位于亚马逊河流域腹地，距离赤道很近，四周是大片热带雨林，被称为“森林包围的城市”。科学探险考察队在这里举行了启动仪式，然后乘船沿亚马逊河开始了充满神秘色彩的艰巨行程。

随后，我与詹原竞又来到巴西最大的城市——圣保罗市，准备

木化石（巴西）

从这里乘飞机返回中国。

在圣保罗市，我俩仅停留一两天，并且还必须处理一件很麻烦的事情，即要跑一些路，进行一些交涉，把飞机票改签。所以，给我留下买奇石的时间不多了，我对能不能买到奇石也没有抱太大的希望。

可是，我绝不罢休，依然在“相机行事”。

这时候，圣保罗市的华文报纸《南美侨报》编辑部，对我俩进行了热情的接待，特意派来两位天津老乡——一位父亲和他的女儿，帮助我俩去改签飞机票，同时料理其他一些事情。

“机会真的来了！”我的心头又重新萌发了希望。

我清醒地认识到，我不知道以后什么时候再来这里，更不知道以后会不会还来这里，因此要果断地做出决断，就是尽最大努力去抓机会，不失时机去购买奇石，否则就将一个来之不易的机会而轻易地放掉了。

于是，我一改往日比较“柔和”的处事风格，不再讲客套话，也不商量一下，马上十分果断地吐露出心中的打算：由天津老乡中的父亲陪我去购买奇石，由天津老乡中的女儿陪詹原竞去改签飞机票，我与詹原竞分开活动，我的主要活动也就是购买奇石了。

说做就做，我很快搭上天津老乡的汽车，匆匆向出售奇石的地点奔去……

我来到一个到处都是地摊的旧物市场，无心光顾迎面而来的旧瓷器、旧铜器、旧木雕、旧石雕等，而是径直奔向摆满各种奇石的地摊。

我怀着异常兴奋的心情，购买了几块木化石，这些木化石已经成为玛瑙，呈现各种细密的纹理、美丽的颜色。然后，又购买几块蕨类植物化石、竹子化石和菊石的化石，而这些化石也都成为十分好看的五颜六色的玛瑙。

当我快要离去时，突然又发现了一个出售琥珀的地摊，心中又是一阵喜悦。琥珀是一种松柏树脂化石——由松柏树脂入地后形成的化石。其中，有些琥珀里面还包着大小不一的昆虫，也就显得愈发名贵。我精心挑选一块琥珀，为透明的棕黄色，恰好在里边包着一只叫不出名来的昆虫，清晰可见，煞是可爱。我迅速把这块琥珀买下来了。

紧接着，我又赶很远的路，来到市区边缘的一个很大的封闭的

琥珀（巴西）

奇石市场。

刚一进去，我就被深深地吸引住了，这里看一会儿，那里看一会儿，常常站在一个地方就迈不动脚步。我看到了琳琅满目、数不胜数的紫晶石、黄晶石。我们通常所见的水晶石是一种石英柱状晶体，由于含有微量的不同元素，除无色透明之外，还有紫色、黄色、茶色、绿色、玫瑰红色和黑色等，而巴西所产的紫晶石、黄晶石在世界上很有名气，它以洞壁为依托，样式繁多，有的块头很大，但都晶莹剔透，色泽艳丽，堪称人见人爱。

我认真地挑选出几块紫晶石、黄晶石，块头都不是很大，但越看越喜欢，都属于“上乘之作”，于是就一古脑儿买下来了。

我又发现许许多多天然的玛瑙，各种纹理、各种颜色的应有尽有，令人目不暇接。我蛮有兴致地挑选了几块不大却很精致的玛瑙。

突然间，我又在一个水池里发现一些被水浸泡的水胆玛瑙。这是一种十分奇特的玛瑙，从外表上看只是一个圆圆的石蛋，但切去一片石皮，就呈现出灰色的玛瑙；如若再仔细一看，还会发现核儿是空的，是一个积满水的“水胆”，只要拿起来一摇晃，“水胆”的水就跟着晃动。由此，人们才称它为水胆玛瑙。在深深的地层里，“水胆”的水是不会干涸的，而一旦挖掘出来之后，随着光阴的流逝，就

茶晶（巴西）

紫晶（巴西）

会慢慢把水蒸发。所以,必须常年把水胆玛瑙浸泡在水中,才能使“水胆”保持长久有水。经过一番观察,我挑选出几块存水较多的水胆玛瑙。

随后，我把所挑选的包括水胆玛瑙在内的各种玛瑙统统买下来了。

这时候，我的心里一盘算，才知道这一天已经买了 30 多块奇石,并把随身所带的两三千美元几乎花光了。特别让我难为情的是,我要是再想去给亲朋好友买些礼品,已经没有钱了,已经“心有余而力不足”了。

我陆续将这 30 多块奇石捎回中国,才觉得是那样的难得,那样的稀罕,那样的值得炫耀,以致引起不少藏石界朋友的羡慕——这完全是我果断地做出决断并紧紧抓住机会的结果。

我在巴西经历的这一件事情,至今难以忘怀。

从这一件事情中,我悟出人生的一个哲理:不论做什么事情,都要具备果断的性格,当机会到来甚至来得太急之际,用果断的作风,把机会果断地抓住,再果断地采取行动。也就是说,一定要“该出手时就出手”。

培养果断的性格,万万不可“麻木不仁”,即面临机会没有一丝一毫的察觉,也没有一丝一毫的反应,有了机会却失之交臂;万万不

黄晶（巴西）

可“优柔寡断”，即面临机会想做又不做，要干又不干，总是犹豫不决，有了机会却一事无成；万万不可“缩手缩脚”，即面临机会已经有了举动，可是又不能放开手脚一直坚定地干下去，轻易就打“退堂鼓”，有了机会却半途而废。

在机会到来之时，我们必须果断做出决断，才能把机会抓住，这是毫无疑问的。然而，这绝不是盲目的果断、鲁莽的果断，而是经过独立思考所做的决断。这样的一种果断，并不会被他人的意见所左右，也并不会轻易反悔、轻易改变，是已经认准的事情，一定能够全力以赴地干下去。

我们在果断地做出决断时要经过独立思考，主要是指冷静地处理“可能”与“现实”的关系：可能不是现实，现实也不是可能，只是在一定的条件下，可能才会转化为现实；同时，一定要充分发挥主观能动性，千方百计地创造条件，知道应该创造哪些条件，促使条件尽快发生变化，可能才会转化为现实。

可以说，抱有积极的态度，抱有主动的精神，抱有进取的气魄，把主观能动性充分地发挥出来，是非常重要的，是把可能转化为现实的关键所在。

“事在人为”——要把经常挂在嘴边的我们这句话时时牢记在心。

水晶（巴西）

·石谱四·

切磨石

通常是指通过切割、打磨才能显现奇特魅力的岩石，尽管经过人为的加工，但以绚丽色彩和多变纹理所形成的各种画面，让人们回味无穷。

（1）大理石

大理石产于云南大理县点仓山。大理石质地细腻，经过一番打磨，光滑如脂，尽显奇美图案。此石一般分为两类：云灰大理石，又称水花大理石；彩花大理石，有绿花、秋花和水墨花三种，其中以水墨花最为名贵，以黑白两个极色为基调，所形成的天然画面，十分素雅，不落俗套，与中国传统水墨画极为神似。大理石上磨出的画面十分丰富，有的像各种各样人物，有的像不同种类动物，但更多的则像“大自然风光”，或是高山，或是流水，或是云霞，或是旷野……足以令人赏心悦目。

（2）天景石

天景石产于山东费县天井汪村一带，借用“天井”的谐音。天井石质地细腻，以橘黄为底色，内夹红、黄、白、黑、绿色等，或深或浅，或块或片，或浅或点，层层叠叠，交织交融。天景石经过一番打磨，就会显露浓淡相宜的色彩和疏密有致的纹理，构成一个个美丽的“天然景观”……天景石绝非徒有其名，既是大自然的“杰作”，又是不可思议的“艺术品”，每每欣赏起来，总能让人们获得一番十分惬意的享受。

（3）临朐彩石

临朐彩石产于山东沂蒙山区北部的临朐县石家河乡一带。临朐彩石质地坚而不脆，显现光亮，色泽有红、黄、绿、黑、白等，没有单色，基本都是复色，密布的纹理也变幻多端。临朐彩石经过一番打磨之后，通过色泽和纹理的搭配，构成一幅幅美丽画面……大自然的鬼斧神工，在这里得到尽情的展现，让人们见之神往，观之神怡，品之则韵味无穷。

（4）红丝石

红丝石产于山东青州市里山和临朐县老崔崮。红丝石质地细腻，色泽有黄底红绿、红底黄绿和紫底黄绿之分，以黄底红绿为最佳。红丝石很早就扬名于世，有的以纹理见长，有的以造型取胜。以纹理见长的红丝石，往往能呈现丰富多彩的图案，如人物，如动物，如自然风光……以造型取胜的红丝石，常常能形成巧夺天工的形状，酷似各种人物、动物和山峦等。红丝石以特有的魅力，令人称羡不已。

另外，用红丝石制作的砚台，称作“红丝砚”，是我国传统的“四大名砚”之一。

（5）草花石

草花石产于广西柳州市和象州市的来宾县、象州县一带。草花石质地细腻，色泽十分丰富，红、黄、棕、绿、褐、灰、黑等无所不包。经过精心地切割、细磨之后，形成十分丰富的画面，其中较多的是植物的枝叶，如单株的花草，成片的树林……然而，其他的景物也不乏其见，可以说天上人间的所有景物，都淋漓尽致地表现出来。这些画面或如写意画，或如工笔画，或如水彩画，或如油画……都以丰富的内涵，让人们回味无穷。

要富有想象力

瓶插花（风棱石）

悠然见南山（陶渊明诗句·灵璧石）

滴水穿石（柳江石）

乌龟（头和躯干为灵璧石）

小鸟（风棱石）

飞流直下三千尺
（李白诗句·幽兰石）

“群峰”的迷人魅力

鉴赏奇石、品评奇石，要有相关的知识，要有长期的实践，还要有丰富的想象力，才能真正“上水平”。尤其是有了丰富的想象力，就会对所看中的奇石感悟到一种迷人的魅力，从而更加倾心，更加喜爱。

我对奇石中各种各样的“山形石”情有独钟。当然，大凡我所收藏的“山形石”，都要符合十分苛刻的要求，即一定能够让人们在发挥想象力之中，体味到它的美妙的意境，而一种迷人的魅力也就由此充分显现出来。

否则，就不要迁就，也不要凑合。

我收藏的一块“山形石”，让我通过发挥想象力而被命名为“飞流直下三千尺”。

我很早就读过唐代诗人李白登临庐山写下的《望庐山瀑布(之二)》：“日照香炉生紫烟，遥看瀑布挂前川；飞流直下三千尺，疑是银河落九天。”当时，我并未去过庐山，但通过这首诗的描绘，在头脑中进行了一番想象：庐山的香炉峰，在太阳照耀下升腾着紫色的烟雾，从远处望去，一条瀑布好似挂在前边的河流之上，飞奔的流水直泻而下，莫不是天上的银河落下来？

这是一幅多么令人陶醉的景致！

我总在想，倘若有朝一日能寻到一块“山形石”，展现这一令人陶醉的景致，那该多么有品位。

机会终于来了。

有一次，我去北京弘燕市场参观一个奇石展销会，发现几十块来自广西的“武陵石”，宛如形态各异的“山峦”，这是十分难得的。我一一进行浏览，刚一开始并没有让我动心。未曾料到，就在我快要离去时，突然看到一块不大的“山形石”，深深地打动了我的心弦。我把这块“山形石”捧起来仔细观察，只见群峰巍峨挺立，两座尖耸的山峰之间，嵌有一道自上而下的白色石纹，恰似一条飞瀑滚滚流下……这不正是“飞流直下三千尺”吗？

当时，我一点儿也没有犹豫，立即就把这块“山形石”弄到手，长久地收藏下来。

我收藏的另一块“山形石”，让我通过发挥想象力而被命名为“一览众山小”。

我在以前谈过唐代诗人杜甫登临东岳泰山写下的《望岳》，其中的四句为：“荡胸生曾云，决眦入归鸟；会当凌绝顶，一览众山小。”我虽然到过泰山，却没有亲历这样的感受，于是根据诗句的描绘，在头

山在虚无缥缈间（白居易诗句·灵璧石）

一览众山小（杜甫诗句·沂蒙石）

脑里进行了一番想象：缭绕的层层浮云激荡心胸，归来的鸟儿映入眼帘，按照预期攀上泰山的峰顶，向下一望，只觉得一下子豁然开朗——其他的山峰都陡然变得矮小。其中的“会当凌绝顶，一览众山小”，早已成为千古名句，被非常广泛地引用，启迪人们只要经过艰辛的努力，就一定能创造卓绝的成绩！

我一直在期待，倘若在以后的日子里能寻到一块“山形石”，展现这一耐人寻味的境界，那该多么有价值。

机会又来了。

有一次，我在北京平安里一座大楼参观一个奇石展销会，只见来自全国各地的奇石，比比皆是，争奇斗怪，让我看得眼花缭乱。我在这里逛来逛去，突然发现几块“沂蒙石”。这是我平生第一次见到“沂蒙石”，并很快得知它的主人是从山东沂蒙山区偏远村庄赶来的农民。当时，我特别兴奋的是看到一块不足一尺见方的“沂蒙石”，居然展现这般情景：广袤的大地，丘陵起伏，山峦绵延，偶见突兀的高峰，更显峻拔、雄伟……这不正是“一览众山小”吗？

我怀着急迫的心情几经交涉，终于把这块“山形石”弄到手，长久地收藏下来。

我收藏的一块“山形石”，让我通过发挥想象力而被命名为“五千仞岳上摩天”。

我以前读过宋代诗人陆游的《秋夜将晓，出篱门迎凉有感》：“三万里河入东海，五千仞岳上摩天；遗民泪尽胡尘里，南望王师又一年。”在南宋国土沦陷、中原被金兵侵占之际，陆游在诗中极写中原山川的雄伟、辽阔，把热爱祖国的心情表达得淋漓尽致：“三万里”的黄河向东流入大海，“五千仞”的西岳华山向上直入云天，中原沦陷区老百姓的眼泪洒落在金兵扬起的尘土里，向南远望南宋的军队，不知不觉又过了一年！

我读这首诗时，十分喜欢“五千仞岳上摩天”这一诗句。尽管我当时还未登过华山，但根据这一诗句并借助有关描写，在头脑中进行了一番想象：在五岳之中，属西岳华山最为险峻，而在耸列的华山五峰之中，主峰太华山更为奇险，沿着“自古华山一条路”的石阶攀登，上接蓝天，下临绝壑，云清峰叠，何其壮观。

我禁不住产生一个愿望，在未来的岁月里能寻到一块“山形石”，展现这一让人敬畏的氛围，那该多么有意义。

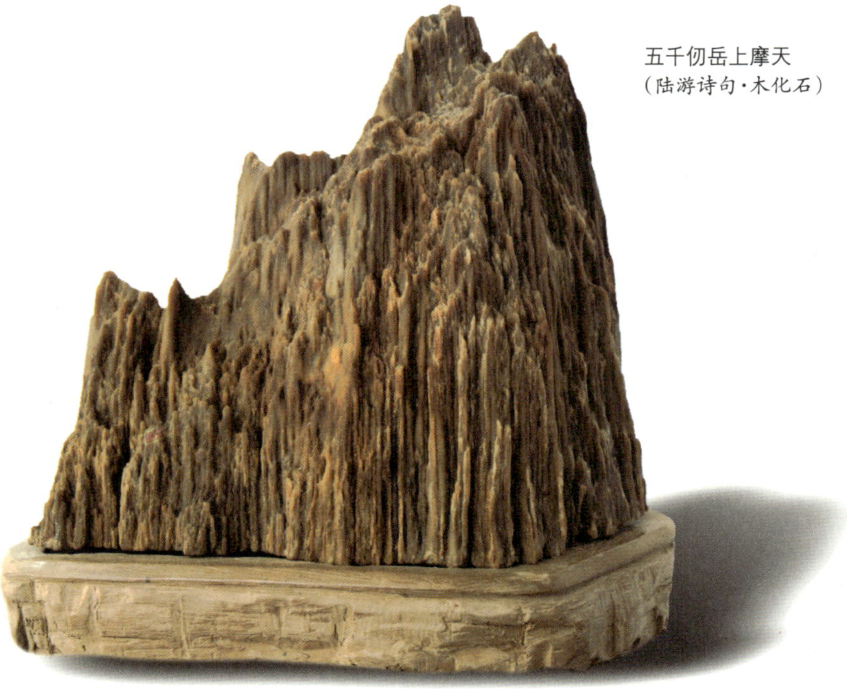

五千仞岳上摩天
（陆游诗句·木化石）

远上寒山石径斜（杜牧诗句·灵璧石）

机会再次来了。

有一次，我趁去山东探亲的机会，来到临朐县奇石城。这里是著名的奇石集散地，店铺一个接着一个，规模十分庞大，来自全国各地的奇石应有尽有。我在一个店铺里，不经意间眼睛一亮，突现看到一块不大的来自缅甸的“树化石”，竟难以置信展现“山”的形态：一座座山峰拔地而起，主峰尤为高耸，大有“直插云天”之势，让人感到险峻，感到高不可攀……这不正是“五千仞岳上摩天”吗？

我打定主意，当即把这块“山形石”弄到手，长久地收藏下来。

一些奇石收藏家、奇石爱好者看罢我收藏的这三块“山形石”，都认为的命名恰到好处，从而更加美妙地彰显出其魅力。当然，这是我发挥想象力的结果。

我们如何看待想象？

心理学认为，在社会生活中，想象就是根据口头语言、文字描述形成相应事物的形象，或者在头脑中创造新事物的形象。根据口头语

金山（钟乳石）

言、文字描绘形成相应事物的形象，被称为再造想象；在头脑中创造新事物的形象，被称为创造想象。

我在收藏奇石中运用再造想象，根据李白、杜甫、陆游的诗句，在头脑里去想象“日照香炉生紫烟”这一令人陶醉的景致，去想象“一览众山小”这一耐人寻味的境界，去想象“五千仞岳上摩天”的这一让人敬畏的氛围，在想象之中甚至有如身临其境。有了这些想象，再去对各种“山形石”进行鉴赏、进行品评，再去进行选择，也就使我所收藏的“山形石”更加充满迷人的魅力。

再造想象在人们的各种社会活动中被广泛地运用，而被我运用于奇石的鉴赏、品评之中，使我大受裨益。

还要指出的是，在各种社会活动中，如果不仅仅拘泥于奇石收藏活动，那么我们不仅需要再造想象，而且更需要创造想象——这是我获得的另一个启迪。

创造想象与再造想象截然不同，是不依赖于现成描述而独立创造的新形象，是在已有知识基础上构成自己从未经历、从未见过的新形象。创造想象在各种创造性活动中，起着非常重要的作用。在科学研究中，尤其需要创造想象。每一项科学研究都要以事实为依据运用创造想象，提出科学的假设，正是揭开事实的奥秘、揭开支配事实的规律的第一步。而经过一番艰苦的探索，今天还是想象的东西，明天就有可能成为活生生的现实。许多创造想象，莫不通过科学研究获得了成功。

创造想象是激发人们在科学研究中锐意进取的动力。

凡是有所建树的科学家，都大力倡导要做富有想象力的人。

德国科学家爱因斯坦对想象的作用做了一个形象的比喻，他说："没有想象的灵魂，就像没有望远镜的天文台。"

法国思想家卢梭对想象的作用做了恰如其分的评价："想象使我们对于将来实现的事物，成为首先的真实发现者。"

法国生物学家、化学家巴斯德对想象的作用做了十分浪漫的总结："想象安排了一切，它创造了美、正义和快乐，这等于世界的一切。"

总之，不论从事什么活动，富有想象力都往往是成功的先导，所以我们要努力去做富有想象力的人——这是我在奇石收藏活动中升发的感慨。

横看成岭侧成峰（苏东坡诗句·博山文石）

滴水穿石（柳江石）

一下子就想到“滴水穿石”

济南是我国一座历史文化名城。我曾多次来到济南，但对我最有吸引力的不是清秀的大明湖、趵突泉，也不是巍峨的千佛山，而是英雄山附近一条古香古色的小街。

我作为一个奇石爱好者，是小街上一个个出售奇石的店铺和地摊，对我产生一种吸引力。只要一到济南，这里几乎是我的必去之地。

有一次，我应邀参加《齐鲁晚报》组织的一个活动，再次来到济南。活动刚一结束，尽管我要很快赶回天津，但还是挤出一点儿时间仓促地奔向这条小街。

我逛了几个店铺，没有发现有什么奇石打动我的心，让我留下深刻的印象。

在我匆匆离去之际，途经一个出售奇石的地摊，只用目光一扫，立刻就盯住了一块小小的奇石。只见，这块奇石还不及手掌大，长条形状，中间为黑色，四周为深黄色，中间有一个穿透的小孔，在小孔周围还有圆圆的凹处。

“这是‘滴水穿石’呀！”

这是我看到这块奇石立刻产生的“第一印象”。

“滴水穿石”这句成语，在社会上被广泛使用。这句成语最早见于宋代文人罗大经所著的《鹤林玉露》，原文为“水滴石穿”，后来人们逐渐改为“滴水穿石”，其意是水一滴滴地落下来，日复一日，年复一年，能够把石头滴穿。人们引用这句成语，比喻为只要有恒心、有毅力、有顽强意志，就能够集细微之力成就难能之功。

我把“滴水穿石”捧在手里，一边端详，一边向摊主询问：“这块奇石出自哪里？”

一身农民装束的摊主沉思片刻，有些为难地回答：“这是广西的石头，是山洞中的，还是河滩上的、河床里的，我也不知道。”

我没有再追问下去。

当时，我蓦地产生一种联想：这块奇石一定出自一个山洞中，广西多雨的气候使得山洞不停地滴水，恰好滴在这块奇石的中间，这样不知过了多么漫长的时间，终于滴出一个小孔，让大自然的“滴水穿石”这一奇观得到了证实。

当然，这仅仅是我的一种想象，是不是果真如此，谁也不敢断定。同时，也不能排除另外一种可能，就是这块奇石的小孔不

石中石（黄腊石）

玲珑剔透（太湖石）

是用水滴穿透的，而是天然形成的。

但不管怎么说，只要让人们一看这块奇石，马上就想到“滴水穿石”，甚至进入一种产生联想的绝妙意境，这就足够了！

出乎意料的是，摊主对这种奇石的绝妙意境毫无察觉，让我只花 5 元钱就给买走了。

回到天津之后，我让一些朋友对这块奇石进行鉴赏，他们都感到很有趣、很好玩，也很奇特。这让我的心里更加满足了。

我还有其他的类似经历：

我收藏一块“藤抱石”，是通过“第一印象”获得的。在北京潘家园古物市场的一个地摊前，我一眼就发现一块出自广西的“结构石”，黝黑的石体闪闪发亮，上面布满棕色的石条，仿佛由网状的藤条把石体“兜”起来了。这不是“藤抱石”吗？我毫不犹豫地将这块奇石弄到手。

我收藏一块“石中石”，也是通过“第一印象”获得的。在天津银河广场奇石展销会一个摊位前，我一眼就发现一块产自广东的“腊石”，圆圆的石体呈浅黄色，石体上的小洞里竟然“藏”着一个球状小石头，任凭怎样摇晃，球状小石头也出不来。这不是“石

石网（凯里墨晶石）

藤抱石（构造石）

中石”吗？我当即将这块奇石弄到手。

在搜罗奇石的过程中，我总结出一个经验：要注重“第一印象”。

当一块奇石突然出现了，如果一眼看去感到很有趣、很好玩，也很奇特，立刻产生很好的“第一印象”，就要当机立断地收藏——我每次这样去做，基本上都收到满意的结果。如果对一块奇石的“第一印象”很平淡、很一般，需要一味牵强附会地去联想，就不要轻易收藏，否则将后悔不迭。

收藏奇石要注重“第一印象”，干其他事情又何尝不是如此？

我们所说的“第一印象”，在心理学中也叫“首因效应”，即首次或最先对某一事物、某一人总体特征产生反应后所获得的印象。

人们对某一事物比较熟悉、比较了解，并具有一定的研究，那么当某一事物总体特征初现之际，往往能够当即产生好的、坏的或者一般的“第一印象”，同时据此做出抉择、采取行动。对于这样的“第一印象”，无疑是要肯定的，是要自信的。反之，人们对某一事物不太熟悉、不太了解，并不具有一定的研究，就一定要慎重地对待“第一印象”，万万不可鲁莽从事。

尤其要指出的是，如何对待“第一印象”则更多的表现在人际交往之中。两个素不相识的人第一次见面，不论留下良好印象，还是留下不好印象，通常都很难一时改变。所以，在与他人初次接触时，人们总是力图表现“最好一面”，努力给对方留下良好的“第一印象”，这是人之常情。譬如，为官者要有上任的“三把火”，初来者要有所谓的“下马威”，第一次约会者要进行“精心打扮”……这样做总是能够达到一定的效果，是完全可以理解的。

但也要认识到，知道了“第一印象”的作用，也会提醒我们在与他人初次接触后，还要进行深入、全面地了解。因为，只有经过较长时间的观察，一个人究竟是“秀外慧中”，还是“金玉其外，败絮其中”，才能逐渐让我们“看个明白”，从而不再为“第一印象”所左右。所以，我们既要注重“第一印象”，又要防止由于“先入为主”而产生的偏颇，这才是处理人际关系的正确态度。

——这就是我通过收藏奇石对“第一印象”产生的感悟。

石弹（结核石）

三江石的“唐老鸭”与灵璧石的“乌龟”

在我的藏石中，有两只可爱的“动物”是经过取长补短而“合成”的。

第一只“动物”是“唐老鸭”。

在北京的一个奇石展销会上，我在来自广西一个农民的摊位上猛然发现一块三江石，与“唐老鸭”的头非常相像。三江石是指横穿广西三江县与龙胜县的一条河——浔江中的卵石。这一条河水流湍急，河道遍布大小不一的卵石，色泽有深黄、暗褐、墨绿、血红、棕红等，有的是单色，有的是双色，有的是多色。那个“唐老鸭”的头，呈暗褐的颜色，嘴巴扁平，眼睛圆睁，神态十分活泼，别有一番情趣。

我只花几十元就买下这个“唐老鸭”的头。从此以后，我不时对它进行认真端详、认真品味，愈发觉得是那样的逼真，那样的可爱。但同

唐老鸭（头部为三江石）

时又不免抱有一种遗憾：只有头部的逼真、头部的可爱，却没有一个整体的形象，这实在是一大缺欠。

让它成为一个完整的“唐老鸭”吧！

于是，我请来颇有造诣的民间泥塑艺术家刘贵宗先生，用泥土精心地制作一个躯体，涂上暗褐色的颜色，再装上“唐老鸭”的头，终于使浑然一体的“唐老鸭”活生生地显现出来。

这是经过取长补短而形成的“唐老鸭”。其长处——作为奇石的头部，得到充分的表现；其短处——有缺欠的不完整形象，又被泥塑的躯体所巧妙地弥补。人们欣赏这只“唐老鸭”时，已经将它看作一件奇石与泥塑相结合的艺术品，既夸奖泥塑的精巧，更赞叹奇石的奇特、奇美。

第二只“动物”是“乌龟”。

我有一个朋友，是来自安徽省灵璧县的农民，著名的灵璧石就产自他的家乡。灵璧石的色泽以黑、灰、褐黄色为主，还有白、绿、暗红色等，各种造型别具特色，石纹也纵横交错，变幻无穷。我的这个朋友经常在京津地区卖灵璧石。他曾送我一块不大的灵璧石，与“乌龟”很相似。这只“乌龟”呈灰黑色，龟壳有清晰的纹理，头和脖颈从龟壳伸出来，显得很有生气。

我将这只“乌龟”捎回家中，不时拿过来颇有兴味地欣赏一番，觉得它的颜色，它的龟壳，它的头和脖颈，都很像大自然中的乌龟。然而，令人感到非常遗憾的是，这只“乌龟”没有四肢，也没有尾巴，不能给人

乌龟（头和躯干部分为灵璧石）

们一个完整的印象，这也是很大的缺欠。

让它成为一个完整的“乌龟”吧！

于是，我又请来民间泥塑艺术家刘贵宗先生，用泥土制作一个棕色的底座，然后将不完整的“乌龟”置放在上面，再配上用泥土制作的四肢和尾巴，如果不仔细去看，它已经成为一个不可分割的整体。经过这般处理，一只伸着脖颈并用四肢缓缓爬行的“乌龟”，终于在我们眼前跃然而现。

经过取长补短而形成的“乌龟”，其长处——作为奇石的龟壳和脖颈，得到充分的表现；其短处——有缺欠的不完整形象，又被泥塑的四肢和尾巴所巧妙地弥补。这只“乌龟”经过泥塑艺术的“衬托”，更加让人称奇，欣赏价值不知提高了多少倍。

如前所述，“唐老鸭”变得完整了，“乌龟”变得完整了，诱人的魅力也展现出来了。对此，我们受到一个深刻的启迪。

究竟是什么启迪呢？具体地讲，就是做事情一定要竭力做到取长补短，即发扬长处、抑制短处，这样才能趋向完善，甚至达到完美。

我们知道，世界上的一切事物，都是由矛盾着的对立双方构成的统一体。矛盾的双方互相联结、互相依存，各以对立的方面作为自己存在的前提，失去了一方，它方也就不复存在。

狐狸（四肢以外部分为风棱石）

凯旋门（顶部为武陵石）

同时，矛盾的双方，有主要方面，也有非主要方面。矛盾的主要方面和非主要方面不是固定不变的，在一定的条件下互相转化，主要方面可以转化为非主要方面，非主要方面也可以转化为主要方面。

事物的性质，是由矛盾的主要方面决定的。当矛盾的主要方面发生了转化，即非主要方面转化为主要方面时，事物的性质也就发生了根本的变化。

对于一个具体事物来说，既有长处，又有短处，是一个由矛盾着的对立双方——长处与短处构成的统一体。当长处居于矛盾的主要方面时，从总体上说这个事物是完善的，甚至是完美的；而当矛盾的主要方面发生了转化，长处不再是矛盾的主要方面，短处成为矛盾的主要方面，从总体上说这个事物也就是不完善了，甚至是不完美了。

所以，我们做事情一定要准确地把握长处，并准确地找到短处，尽最大努力做到取长补短，让长处得到显现，让短处得到抑制——这是让长处居于矛盾的主要方面的决定性条件。我们想方设法地这样去做，也就自然而然地能够让事物很好地保持着完善，甚至保持着完美。

不论是让奇石彰显魅力，还是把其他事情都做得很到位、很出色，就要去下一番取长补短的工夫。

大树（树冠为灵璧石）

鸽子 鸽蛋（黑珍珠石 风棱石）

石头世界的“动物”

我格外喜欢收藏奇石中的像形石，因为被称为“大自然杰作”的像形石，更能让人们感到惊奇，感到妙不可言。

从年轻时代起，我就是一个“工作狂”，每天都在不停地奔波、不停地忙碌，经常占用“八小时以外”的业务时间。于是，我就采取“见缝插针”的办法，只要有一点闲空儿，就去搜罗奇石，其中特别是搜罗像形石，也不时地有所收获。

大约 20 多年前的一天，我来到复兴公园里一家小小的奇石商店。面对多姿多彩的奇石，我突然看到一块出自红河的“黑珍珠石”十分抢眼，像是一只“黑色的鸽子”。我又仔细端详，发觉“黑色的鸽子”尽管张开翅膀，却未展翅飞翔，仿佛正在专注地寻觅食物……

我很喜欢这只“黑色的鸽子”，但由于谈不拢价钱，也就没有买下来。

后来，我与这只“黑色的鸽子”的主人渐渐混熟了，情感也越来越融洽，成为经常接触的朋友。一次，他打电话把我约来，竟然提出向我

海豚（灵璧石）

馈赠这只“黑色的鸽子”。我不能“无功受禄”，当即婉言谢绝了。

没过几天，未经我的应允，他就执意将这只“黑色的鸽子”送到我的办公室。常言道“恭敬不如从命”，于是，我只好怀着一种感激的心情收下了。

我把这只“黑色的鸽子”摆在架子上，又把一块很像“鸽蛋”的鹅卵石放到一块树皮化石上，形成一个有趣的场景，倒也招人喜欢。

我的一些朋友、同事看到这只“黑色的鸽子”，都觉得“挺好玩儿”，但总的反应却并不太“热烈”，仅仅是“一般化”而已。

花开花落，月盈月亏，岁月在不断更迭。如今，我已搜罗到一批像形石，都无一不像各种动物，组成一个奇妙的“动物世界”，得到的反应就完全不一样了。

这个“动物世界”中的各种“动物”，是让我花费很多的心血，才渐渐搜罗到的……

在济南英雄山文化街，我冒着酷暑逛来逛去，终于在一家奇石商店发现一块灵璧石，像一只翱翔的雄鹰。只见这只“雄鹰”展开双翅，从空中猛然俯冲下来，一副气势汹汹的样子……我当即就将这只“雄鹰”弄到手。

在北京潘家园古物市场，我顶着烈日逛来逛去，终于在一个奇石地摊上发现一块灵璧石，像一只嬉戏的海豚。只见这只“海豚”站立起来，头部高扬，蹒蹒跚跚，憨态可掬，令人忍俊不禁……于是我就将这只“海豚”弄到手。

鱼（灵璧石）

鹦鹉（灵璧石）

在内蒙阿拉善盟巴彦浩特市奇石一条街，我不知疲倦地逛来逛去，终于在一家奇石商店发现一块戈壁石，像一只啄食的啄木鸟。只见这只“啄木鸟”伸出尖尖的嘴巴，专心致志地寻觅害虫，正在抖出“森林卫士”的威风……我当即将这只“啄木鸟”弄到手。

在天津贵阳路花鸟鱼虫市场，我兴致盎然地逛来逛去，终于在一个奇石地摊上发现一块博山文石，像一只可爱的叭狗。只见这只“叭狗”耷拉大耳朵，伸着长嘴巴，懒洋洋地趴在地上，逍遥自在，怡然自得……我也就将这只“叭狗”弄到手。

此外，在我搜罗到的像形石中，还有“老虎”、“狐狸”、“企鹅”、“老母鸡”、“乌龟”、“青蛙”、“蚕”，和各种“鸟儿”、“鱼儿”……

我把这些“动物”统统集中在一起，一下子就成为热热闹闹的“动物世界”，再让一些朋友、同事前来欣赏，顿时让他们感到琳琅满目，感到应接不暇，神情蓦地兴奋起来，产生了浓浓的兴趣。他们纷纷称奇，几乎都发出这样的反应：“哇！太丰富了，太好了！”

这是实实在在的“热烈反应”。

我一直在想，如果我在以后能够建立自己的奇石博物馆，一定要精心设计一个很好的环境——这是“大自然”中的环境，有山，有水，有树木，有草地……然后，将这些“动物”置身于“大自然”的怀抱之中，各得其所，各得其乐，一定会更加迷人，更加具有魅力。

这样的经历引起我深深反思：当我将“黑色的鸽子”向大家展示时，并未引起太多的注意，得的反应很一般；当我将“动物世界”向大家展示时，立刻就引起广泛的注意，得到的反应是惊讶的、是持久的，当然也赢来更多的啧啧称道。

由此，我又悟出做事情如何才能更加引起人们注意的道理。

在心理学中，注意是一种心理现象，是指人们对一定事物的指向和集中。也就是说，人们对一定事物产生了兴趣，也就有了确定的指向，并集中心思去观察、去思考，在感情、理性和行动方面都焕发了积极性，这就是注意。

注意的作用是很大的。人们在注意一定事物时，大脑皮质的某个区域就会形成兴奋中心，而兴奋中心的周围都处于抑制状态，所以对局外的、无关的一切事物，往往就会“视而不见”、“听而不闻”。

注意又分为有意注意和无意注意。有意注意有明确的目标，需要意志的努力，并去集中全力，也叫主动注意；无意注意没有明确的目标，不需要意志的努力，是在随意之中产生的注意，也叫被动注意。

我们主要是讲无意注意，如果要引发人们产生无意注意，通常有这样的办法：

小狗（博山文石）

一是新异的刺激。新鲜的事物、罕见的现象、奇异的表现……都能让人们出现耳目一新的感觉，从而引发人们的注意。

二是对比的作用。物体的大小，颜色的明暗，声音的高低……都能让人们在强烈反差中产生一定的感受，从而引发人们的注意。

三是情绪的唤起。一幅美轮美奂的画作，一曲动听悦耳的音乐，一场高潮迭起的球赛……都能让人们很快就变得兴致勃勃，从而引起人们的注意。

四是兴趣的迎合。姑娘偏爱的服饰，儿童钟情的玩具，农民关注的天气……都能让人们所具有的需求得到及时满足，从而引发人们的注意。

最后就是集合的效应。单一的声调是枯燥的，多种的声调汇合在一起，组成奥妙无穷的篇章，就会让人们的心灵受到震动；单一的丝线是乏味的，多种的丝线组合在一起，织成绚丽多彩的图案，就会让人们发出由衷的赞叹；单一的树木是孤独的，多种的树木聚合在一起，汇成浩瀚无际的森林，就会让人们去向往、去追逐……这就是集合的效应。

集合的效应一定能给人们留下难以磨灭的印象，从而引发人们去格外注意，去高度注意。

我将宛如各种动物的像形石聚集起来，展现一个天然成趣的“动物世界”，普遍得到的反应是这般“热烈”，这不就是“集合的效应”吗？

青蛙（灵璧石）

·石谱五·

矿物晶簇

通常是指在岩石空隙壁上聚生的同种或不同种矿物晶体，以其艳丽的色彩、夺目的光泽和奇异的形状，让人们获得各种美的享受。

形形色色的矿物晶簇

矿物晶簇是在岩石空隙壁上聚生的同种或不同种矿物的晶体，它们的一端固生于共同的基底上，另一端具有良好的形状。矿物晶体则是由结晶构成的物体，是含矿溶液在岩石孔洞和裂隙中的产物，分布于各类矿床的边缘，表现为一定形状的几何多面体。单独的矿物晶体，可加工成耳环、戒面和雕刻品等，属于宝玉石的类别。而作为观赏石的矿物晶簇，则强调保持天然状态，同时必须有原生的岩石作基底。

在日常较为常见的矿物晶簇，大致有以下几种：

辰砂，又名“丹砂”、“朱砂”。其颜色呈鲜红、暗红、浅红色等，半透明或微透明，多数具有光泽，由于硬度较低，十分脆弱，一般用来作观赏石。

辰砂的集合体为粒状、块状，看上去格外艳丽。我国盛产辰砂，其中产量最多的是贵州省。1980 年，在贵州省万山汞矿区曾发现一颗净重 237 克的特大辰砂，造型奇特，质地优良，红色中间有白色，显得十分华贵，取名为“辰砂王”，已被中国地质博物馆收藏。

雄黄和雌黄。它们在山岩中总是形影不离，犹如水中成双成对亲昵怡游的鸳鸯，所以又被戏称为“鸳鸯矿物”。

雌黄，呈鲜红色，长久暴露于阳光之下，容易变成橘红色的粉末。湖南省石门县，有着世界上最大的雄黄矿，于 1965 年发现一颗重 255.32 克的特大雄黄，在美国图森国际标本和宝石珍品展览会亮相后，引得专家惊叹。由于雄黄具有极其艳丽的色彩和光泽，所以格外惹人喜爱。

雌黄，呈柠檬颜色，具有艳丽的光泽。湖南省石门县也出产粗大的雌黄。1982 年，我国发行唯一的一套四种矿物邮票，其中就有雌黄。

辉锑，其颜色为铅灰色，集合体呈千姿百态的长柱状，柱面具有明显的纵纹。它有耀眼的光泽，因而非常令人喜爱。湖南省冷水江市锡矿山是世界著名的“世界锑都”，在这里曾发现一个扁圆形山洞，洞壁布满参差不齐的宝剑般的带有铅灰色光泽的辉锑，犹如一座收藏宝剑的宝库，堪称稀世之宝。

萤石，又称“氟石”。其颜色五彩缤纷，有绿、紫、蓝、黄、橙、褐、红色和无色等。萤石有光泽，多为立方体，少数为八面体或菱形十二面体，同时具有多种颜色，显示出平行的颜色条带。萤石以艳丽而繁多的颜色和光泽，成为比较普遍的收藏品，给人们增添了情趣。湖南省耒阳市上堡硫铁矿是世界著名萤石产地，以绿色萤石为主，其次为蓝色萤石和无色萤石。

孔雀石，其颜色为绿色，其中包括鲜绿、暗绿、灰绿等。孔雀石有光泽，多为块状、钟乳状、皮壳状和条带状等。孔雀石的绿色，光彩夺目，形态万千，是人们珍藏的佳品。广东省阳春县石碌铜矿是世界上优质孔雀石产地之一，该矿孔雀石展览馆中的“孔雀河”、“绿宫飞瀑”、“九龙壁”、“大地情怀”等驰名中外，有着很高的声誉。

可作为观赏石的矿物晶簇或者晶体还有许多，诸如红蓝宝石、软玉、硬玉、碧玺、绿松石、石膏、绿柱石、绿帘石等。

云雾山中（大理石）

要做就做得最好

啄木鸟（（风棱石 木化石）

小玉米团子（风棱石）

大枣（风棱石）

企鹅（风棱石）

湿地（大理石）

有了“独木舟”“啄木鸟”之后

独木舟（木化石）

我有两组奇石，是执意追求完美的结果。

第一组奇石被我起名为“渔翁与独木舟”，是这样组合而成的：

1999 年春季的一个星期天，我在北京大观园奇石市场，与奇石收藏界一些朋友会面。闲暇之余，我在摆满各种奇石的摊位之中逛来逛去，突然间被一个摊位上的一块奇石所深深吸引住了。这块奇石是出自内蒙古的树化石，呈现树木本来应有的棕色，树皮和木纹都清晰可见，形状特别像远古时代的“独木舟”，即切开树干再掏空而制成的一种水中交通工具。“独木舟”的木制底座上雕刻出一朵朵飞溅的浪花，成为不可或缺的衬托。

“这真是大自然鬼斧神工的杰作！”我惊叹得差一点儿就要喊出声来。

这块树化石的主人，是一位来自内蒙古牧区的姑娘，只见她的身材有些发胖，圆乎乎的脸蛋不时露出丝丝笑意，让人感到很容易接近。不知是什么原因，她给这块树化石定下的价钱，与其他一些普普通通的奇石相差无几，所以我并未用多大的开销就把它买下来。我的心里十分有数，这块树化石非常少见，不应该是现在的价钱，应该有着比这高出许多的“身价”。

得到“独木舟”之后，我突发奇想：“倘若‘独木舟’上边再站立一个渔翁，在潺潺的水流里，‘渔翁’用竹篙撑着‘独木舟’缓缓前行，不更有一番情趣吗？”

经过一番苦苦的搜寻，我果然在一个摊位上发现一块很小的风棱石，从轮廓上看颇像一个“渔翁”，头部为黄色，身上穿着灰蓝的衣服。“真是太巧了！”我的心头一阵惊喜，又很快将这个“渔翁”买下来。

回来之后，我将一根细细的竹条粘在“渔翁”的身上，随后又将“渔翁”粘在“独木舟”的顶端，于是充满大自然情趣的“渔翁”撑“独木舟”的景象，在人们的眼前跃然出现。

这样绝妙的组合，常常受到一些朋友的称赞，他们都说这是“奇上加奇”。

第二组奇石被我起名为“啄木鸟与带虫眼儿的树干”，是这样组合而成的：

2007年夏天，我赴银川市参加中国晚报工作者协会年会。在年会结束之际，大家纷纷去附近风景区旅游，有的去西部影城，有的去沙湖，有的去西夏王陵……我对这些风景区很感兴趣，但更向往的却是离银川市不远的内蒙古阿拉善盟，因为那里的广袤沙漠中散落许许多多风棱石，并且以奇著称，既形奇、质奇、色奇，又十分稀奇。进入2000年以来，这里的奇石逐渐享有很高盛誉，越来越受到广泛关注。

啄木鸟（风棱石 木化石）

贝类（化石）

我在《银川晚报》一位记者陪同下，驱车来到阿拉善盟的被沙漠包围城市——巴彦浩特市，发现街上到处都是出售奇石的店铺，就连不少居民家中也都摆着出售奇石的摊位。刚一到这座规模不大的城市，顿时感到置身于奇石的重重包围之中。

我在一家店铺中看到一块奇石，石质光滑油亮，深棕的底色伴有黑色的条纹，形状如一只啄木鸟，头部有尖尖嘴巴，鸟身直立，仿佛正在贪婪地啄食树干中的虫子。

“这实在难得呀！”我对这一意外的发现感到兴奋，当即决定买下这块奇石。让我幸运的是，我很便宜地就把这块奇石买到手了。因为阿拉善盟是奇石的原产地，而出售奇石的主人又大多是来自草原的牧民，这就正应了商界要以最低价格进货时常说的一句话：“货进其源”。在京津奇石市场上，这块奇石绝不会如此“低贱”，无疑会变得非常“高贵”。

得到这“啄木鸟”之后，我又突发奇想：“有了‘啄木鸟’，还要有‘树’，让‘啄木鸟’在‘树’上去啄食害虫，那该多么有趣！”

好在我早已收藏了一批树化石，其中大的、小的，圆的、方的，有树皮的、无树皮的，呈现年轮的、不呈现年轮的，可谓无所不包。我特意找出一块出自辽宁西部的树化石，形状为一个不长的树干，保留着完整的树皮，一圈圈的年轮也很清晰，但树干的一小部分却被虫子吃掉，竟然还留下了一个个虫眼儿。这块树化石被我起名为“虫噬树干何其凶”，曾屡屡参加奇石展览，意在警示人们不要忘记虫子对树木造成的危害会有多么凶狠。

于是，我就把“啄木鸟”用一种胶固定在这块树化石上，让“啄木鸟”的尖尖嘴巴对着一个虫眼儿，一幅“啄木鸟”专注地啄食虫子的情景，就这般生动、活泼地显现出来。

这样绝妙的组合，常常让看过的人说，这是“奇”与“趣”的结合，更奇特，更有趣了。

我尽力搞奇石的组合，是由于始终记住一位企业家向我讲过的做事情应抱有的态度：“要么不做，要么做得最好。”

我尽力搞奇石的组合，是由于始终记住一位工程师

贝类（化石）

海星（化石）

向我讲过的做事情信条："任何事情，只有做到百分之百才是合格，99 分都不合格，60 分就是废品，没有任何意义。"

令我惊讶的是，也许是这位企业家和这位工程师都在不同的岗位思考同一个问题，他俩居然都能大致说出俄罗斯大文学家托尔斯泰的一句名言："人类的使命在于自强不息地追求完美。"

"追求完美"——这话说得多么好啊！

我不能评判自己的奇石组合是否完美，更不能断定自己的奇石组合已经完美，但我做事情却是注意追求最好，也尽力向最好的目标而努力。总之，我们在各项事业中，都应热忱提倡追求最好，大力弘扬追求最好。

追求最好是一种积极的人生态度。一个人活在世上，不能虚度年华，不能庸庸碌碌，不能无所作为；一个人活在世上，要依靠自己的勤奋工作，殚思竭虑地获取出色的业绩，对社会有所用处，对百姓有所益处，让生活多一份精彩甚至多一份辉煌。而只要树立追求最好的态度，就能激起炽烈的热情，在事业上产生矢志不渝的勇气，产生锐意进取的动力，让自己的一生过得更有意义。

追求最好是实现成功的最好办法。如果对最好有着不懈追求，那么就必定会出现这样一种心理特征——时刻都渴望成功、向往成功，不管别人做得如何，事情一到自己手里就非要成功不可；同时，也必定会出现这样一种精神状态——不遗余力地为成功去拼搏，为成功去奋斗，虽然会不断遇到种种困难，但把困难当作常态，在千方百计克服困难中一步步靠近成功，最终到达成功的彼岸。可以这样说，任何成功的人，都无一不是追求最好的人。

追求最好就要摈弃“差不多”的念头。毋庸讳言，有些人做事情时，不肯做到尽量完美，总是做到“差不多”就罢休了。于是，他们对手头的工作，或是敷衍了事，或是得过且过，或是进行搪塞。与其这样去做事情，还不如不去做。因为这样做的结果，不会把事情干得很漂亮，更不会取得超出常规的骄人业绩，只能是事业上的一个失败者，是一个毁坏自己名声的失败者，是一个损害自己信誉的失败者。这样的失败者，不是被别人打败，是自己把自己打败。

让我们努力去做追求最好的人。

木炭（木化石）

只留下“小玉米团子”和“羊肚儿”

眼下，在奇石博览会上，在奇石商店，甚至一些豪华饭店里，都能经常看到摆在桌上的“石头宴”。

“石头宴”的奇石，大多采自内蒙古阿拉善盟的戈壁荒漠。“石头宴”的“饭菜”可谓繁多，有“炖鸡”、“炖牛肉”、“烤羊腿”、“红烧肉”、“小炖肉”、“肉丸子”、“清蒸鲜贝”、“炒木耳”，有“馒头”、“年糕”、“八宝饭”、“米饭”、“窝头”，有“瓜子”、“榛子”、“松子”、“葡萄干”、“枣儿”、“冰糖”、“糖豆儿”……总之，多得让我数不清，也让我记不全。

这些“石头宴”的价格令人咂舌，从百万元到几十万元、十几万元不等，但低于十几万元的我还未曾听说。当然，是不是有人真以这样的价格去买“石头宴”，由于我的孤陋寡闻，也从来没有见过。

大凡看过“石头宴”的人，莫不感到新鲜，感到奇特，感到很有情趣，总要认真地欣赏一番，并忍不住地发出迥然不同的品

腊肉（风棱石）

评。“石头宴”对人们的吸引力还是蛮大的。所以，我对“石头宴”的创意挺有兴致，也挺有好感。同时，我又觉得“石头宴”的“饭菜”，只有少数达到“非常相像”，而大多都“似像非像”，还有的则“根本不像”。由此，使我又对“石头宴”不免产生一种遗憾。

根据我的习惯、我的爱好和我的追求，我始终都认为奇石中的像形石，不能让人们只是感到“有点意思”，而要感到“很有意思”。只有进入“逼真”的境界——达到“极其相像”，才能让人们感到“很有意思”，甚至在心灵上引起一定程度的震撼。

“石头宴”中的奇石，倘若都一一地很“逼真”了，就一定会在人们中间产生震撼的效果。当然，对于这样的“石头宴”，也许是苛求，也许是奢望，其实是很难出现的。即使这样，我依然怀着一种期待的心情，希望有朝一日真的能目睹这样的“奇石宴”。

我对“石头宴”采取了“取其精华”的做法：

2006 年初的冬天，我去逛古文化街上的古玩城，信步走进一家出售奇石的小商店，突然发现了“石头宴”，大约有 30 多道“饭菜”，整整摆满了一桌子。

经打听，我得知小商店的主人是来自内蒙古阿拉善盟的年轻牧民，他所居住的地方已经实行“休牧”，在一定时期内绝不允许再放牧。这样做的目的是为了保护当地脆弱的生态环境，治理

去皮肥肉（风棱石）

小玉米团子（风棱石）

肆虐的沙尘暴。为此，政府每年都向他发放补贴，生活还是有保障的。这样一来，他整天没有什么事情可干了，就在当地搜罗奇石，随后千里迢迢来到天津，开了这样一家小商店，再赚一些“外快”，让生活过得更好一些。

年轻牧民的这一桌“石头宴”，尽管看上去十分“丰盛”，但经过我细细端详，发觉大多都是“似像非像”，顿感难尽人意。然而，我也有一个惊喜的发现，就是其中有两块奇石称得上“非常相像”。我睁着发亮的眼睛，将这两块奇石相继捧在手里，越看越入神，一下子就被迷住了，禁不住连声叫绝。

这两块奇石究竟像什么呢？

其一，像“小玉米团子”。只见这块奇石呈现均匀的浅黄色，与农村老太太用玉米面蒸出的小团子一模一样，让人们恨不得吃上一口。

其二，像“羊肚儿”。只见这块奇石微微发黑的颜色和逼真细纹，颇像小贩所卖“羊杂碎”中的“羊肚儿”，甚至就像刚刚出锅的一样。

这一桌“石头宴”，只有这两块奇石深深地打动了我的心弦。

我打听一下这一桌“石头宴”的价钱，年轻牧民张口就说二三十万元。我觉得这样的价钱有些离谱，断定很难有人去买。于是，我没有跟他继续搭讪，就匆匆离去了。

果然不出我的所料，在以后的日子，我又一连几次来到这个小商店，发现这一桌“石头宴”总是原封不动摆在原处，根本无人问津。

一次，我突然提出只买这一桌“石头宴”中的“小玉米团子”和“羊肚儿”，其余的一概不买。年轻牧民面带难色，默默地向我摇一摇头。

我明白了，他不想只卖“小玉米团子”和“羊肚儿”。这是可以理解的，因为“小玉米团子”和“羊肚儿”是这一桌“石头宴”中的“精华”，一下子就把“精华”取走了，他能够心甘情愿吗？

随着时间的推移，我与年轻牧民渐渐混熟了，彼此之间也结下感情，成为常有来往的朋友。于是，让我意想不到的事情也发生了……

那是一个下雪的日子，纷纷扬扬的雪片不停地飘落，屋顶白了，树枝白了，一条条道路也白了，整座城市都是银装素裹。当时，我正在办公室审阅稿件，突然接到年轻牧民的电话，得知他不顾下雪后交通的不便，已经动身前来与我会面。

不一会儿，他风尘仆仆赶到我的办公室，脸颊冻得微微发

羊肚 羊肝 羊血（风棱石）

小鹌鹑蛋（风棱石）

红，嘴里还不时喘着粗气。

“有事吗？”我让他在沙发上坐下，连忙发问。

他没有马上回答，很快从提包里拿出两块奇石，送到我的手里。我一看，一个是“小玉米团子”，一个是“羊肚儿”。

“我把这两块奇石给你拿来啦！”他终于说明来意：“你太喜欢这两块奇石了，心里总想着、总惦记着，它就归你了。”

“这多不好意思……”我感到很难为情。

“玩石头的人都讲石缘。”他打断我的话，“你跟这两块奇石有缘分，应该属于你。”

我对年轻牧民充满了感激之情，于是让他给这两块奇石开出一个价钱。他执意不说出具体的数目，让我随便去定。以我的为人处世作风，我不能亏待他，就尽其所能地主动多给一些钱。

我收藏的这两块奇石，让阿拉善盟的一些奇石收藏者看到之后，他们都说这在当地也是非常难以寻觅的，实在太稀有了。

然而，这正是我通过“取其精华”带来的结果。

“取其精华”——这是我们对待客观事物必须采取的正确做法。

我们知道，从哲学意义上讲，任何事物有肯定方面和否定方面。事物的肯定方面，是事物保持其存在的方面，当事物的肯定方面占据主导地位时，事物就处于相对静止状态；事物的否定方面，是促使现存事物消失的方面，当事物的否定方面克服肯定方面占据主导地位时，事物就不再处于相对静止状态，而是发生了质的显著变化。

否定是对事物具有决定作用的环节，有否定才有事物的变化，有否定才有事物的发展。

当然，否定并不是“全盘否定”，而是既抛弃又保留——抛弃旧事物中的消极东西，保留对新事物具有积极意义的东西，并把它发展到新的阶段。

对此，马克思曾对人们有一个深刻的告诫。马克思否定了德国哲学家黑格尔的唯心主义哲学体系，但保留了这一体系的“合理内核”——辩证法；然而，另一个德国哲学家费尔巴哈在否定黑格尔唯心主义哲学体系时，却是在“全盘否定”，同时也抛弃了这一体系的“合理内核”——辩证法。马克思针对这种“全盘否定”，用一个形象的比喻进行告诫：这就像泼洗澡水一样，连同盆里的婴儿一起泼掉了。

这就是告诫我们万万不要“弃其精华”，一定要“取其精华”！

所以，我们在做事情的时候，不论多么大的事情，还是多么小的事情，也不论多么显眼的事情，还是多么不显眼的事情，都不要去简单地抛弃，都要努力做到“取其精华”，这样就一定会大大受益，一定会深深受益。

葡萄干（风棱石）

大米（风棱石）

这些“大米”和“枣”从何而来？

我在一个小瓷碗里放进了“大米”，一眼望去，只见颗粒饱满，大小均匀，晶莹剔透，是人们通常所说的“珍珠米”。

其实，这些“大米”是来自内蒙古阿拉善盟大漠的戈壁石。凡是看过这些“大米”的人，都发出由衷的感叹：“像，太像了！”

阿拉善盟大漠，是“戈壁荒漠”的一部分。“戈壁”的蒙语含义为“难生草木的地方”，是指一种为粗砂、砾石覆盖的仅生长稀疏耐碱草类和灌木的荒漠，主要分布在内蒙古、新疆一带。所以，阿拉善盟大漠的奇石，也经常被泛称为“戈壁石”。

搜集这些“大米”颇费一番心思。2007 年秋天，我趁出差的机会奔到阿拉善盟大漠中的城市——巴彦浩特市。这是一座很小的城市，却有着星罗棋布的商店和地摊，出售从大漠搜寻来的各种各样的戈壁石，其中不乏精品。每天都有来自祖国各地的奇石收藏家和奇石爱好者，络绎不绝地拥向这里，兴致勃勃地问石、寻石和购石，竟然使这里显得十分热闹、十分红火。

我在这里一一逛过商店之后，又来到一个小广场的地摊中间。

在一个地摊前，摊主突然向我发问："这是'大米'，要'大米'吗？"说着，他顺手递给我一只脏兮兮的塑料袋，装满了细碎石头，大小不一，深浅不一，形状不一，但都呈现白色，甚至有些微微透明。

"这哪里像大米呀！"我不禁自言自语。

"哎，石头嘛，有一点儿像就行啦！"他连忙解释。

我再仔细一看，发现个别的细碎石头，确实像大米，而且还很像。但从总体上看，却只是一堆细碎石头，丝毫也找不到"像大米"的感觉。即便如此，我依然毫不犹豫地将这一塑料袋的细碎石头买下来。

回到天津之后，有一天晚上我没有交往或应酬活动，就抓紧时间把这一塑料袋的细碎石头摊放在桌子上，一粒一粒地挑起来。在不知不觉之中，四五个小时过去了，墙上时钟已经指向午夜 12 时 30 分，我才把这些细碎石头挑完。

被我挑出的石头，放在手里只是一小撮，不足原来的十分之一，但用眼睛一扫，与在田野生长的大米毫无二致，真是绝了。

我把这些"大米"放进小瓷碗里，让家人去看，让同事去看，让朋友去看，他们都异口同声地做出"很像"的反应。

黑茄子（三江石）

经过这一番工夫，我的目的达到了，心中有说不出的高兴。

我在一个小瓷碟里放进了十几个“枣”，有的是红色，有的是青色，有的是红、青色相间，但都鲜灵灵的分外惹人喜爱。

这些“枣”也是来自内蒙古阿拉善盟大漠的戈壁石。凡是看过这些“枣”的人，同样都发出由衷的感叹：“像，太像了！”

这些“枣”依然是我那次在巴彦浩特市搜集的。当时，我在市区边缘发觉一座小院的平房出售戈壁石，就信步走进去。经打听，是一位牧民把平房租下来，而出售的戈壁石都是他亲自从大漠搜寻来的。他出售奇石的特点是不加整理，不加清洗，不加选择，属于“粗放型经营”。

我在平房里坐下来，劈头就问：“有像形石吗？”

“有。”牧民马上回答。

“什么样的像形石？”我又追问。

“枣。”牧民回答得很简单。

“让我看一看。”我提出要求。

牧民听罢，弯下腰将地上的一个纸箱搬到木桌上，又把纸箱打开了。

我一看，纸箱里装满椭圆形的小石头，尽管有的是红色，有的是青色，有的是红、青色相间，但一点儿也不齐整，大多都是奇形怪状，哪里像枣呀，连通常说的“歪瓜裂枣”都算不上。

我并不甘心，用手从纸箱里捧出几把小石头，发现个别小石头与枣也有些相似。

大包子（风棱石）

红枣（风棱石）

我没有迟疑，心里有自己的打算，当即就将纸箱的小石头全部买下来。

随后，我又问："还有吗？"

牧民又拿出几个塑料袋，装着与纸箱里一样的与枣"似像非像"的小石头，也被我全部买下来。

我将沉重的纸箱、塑料袋里的小石头运回天津，总是在惦念，总是在琢磨如何处理。于是，我迫不及待地从紧张的生活中挤出两个晚上，进行了认真地精心地挑选。我只有一个念头，即绝不迁就，也绝不凑合，坚决做到"宁缺勿滥"。我费了这么大的力气，虽只挑出区区的十几个"枣"，但都与枣树上长出的枣一模一样，真是奇妙极了。

我把这十几个"枣"放进小瓷碟里，让家人去看，让同事去看，让朋友去看，都毫无例外地得到"很像"的反应。

我的心血没有白费，得到了这样的收获，心中感到非常欣慰。

除了"大米"、"枣"之外，我还搜集到"绿豆"、"青豆"、"黄豆"、"豇豆"，搜集到"黑芝麻"、"白芝麻"，搜集到"大葡萄干"、"小葡萄干"……虽然数量都不多，但都是一粒一粒地挑选出来的——这是细致入微的挑选，是毫不含糊的挑选，是不厌其烦的挑选。

我所挑选的这些戈壁石，每当向人们展示的时候，几乎都达到以假乱真的效果，引来连连的叫绝，引来不断的称赞。

然而，如果我不进行这般挑选，而是将"像"与"不太像"，甚至"根本不像"的戈壁石混杂在一起，让人们从整体上欣赏，必定会产生这样的反应：让我说像吧，倒是有一点儿；让我说不像吧，也完全说得过去。如果那样，怎么能够出现不同凡响的叫绝、不同凡响的称赞呢？

这件事情引起了我的深思，就是不论做什么事情，都要牢牢铭记列宁的教诲：宁肯少些，但要好些。

我在上大学时，曾通读《列宁选集》，其中一篇文章的题目就是《宁肯少些，但要好些》。这篇文章写于年轻的苏维埃共和国诞生后的 1923 年 3 月。当时，国家管理机关缺乏优秀人才，迫切需要得到大量的管理人员。但即使这样，列宁依然一再强调"我们应当遵守一条规则：宁肯数量少些，但要质量好些"。

这是多么富有哲理的警言啊！

对于质量与数量的关系，我们必须要有一个清醒的认识。

从哲学意义上讲，质是事物内部固有的规定性，是一事物区别于其他事物的规定性；量也是事物内部固有的规定性，是对事物可以用数量来表示的规定性。世上一切事物都是质与量的统一，既互相依存，又互相制约，质规定量，量以质为基础。根据这一原理，我们做任何工作，都要正确处理质量与数量的关系：坚持做到质量第一，在保证质量的前提下去追求数量，并尽可能追求更多的数量；如果没有质量上的保证，宁可数量少些，也不要追求更多的数量。因为，没有数量的质量，难以形成一定规模，难以有更大的发展；而没有质量的数量，则是数量越多越糟糕，数量越多越没水平。

在我的心目中，质量永远胜过数量。

冰糖（石膏精）

雪原上的企鹅（风棱石）

“雪原”中“企鹅”与“大海”里“孤岛”

搜集到奇石之后，如果没有恰到好处表现的形式，就会“黯然失色”；如果有了恰到好处表现的形式，就会“增添光彩”。

我在这方面所做出的努力，使我受益匪浅。

这是我的一个做法：

2007 年暮秋的一天，我在内蒙阿拉善盟巴彦浩特市奇石市场，十分侥幸地搜集到四块风棱石，颇像四只企鹅，真是令人不可思议。

这四块风棱石，体积都不大，其中的一块像“大企鹅”，另外三块像“小企鹅”，凑在一起成为“两代企鹅”。

如何更好地展现它们的形象呢？

我想，企鹅生活在南极的极其寒冷地带，常年与冰川为伴、与雪原为伴。在人们的心目中，只要提到企鹅，就会很自然地与“冰天雪地”紧紧连在一起。

我又想，倘若按照一般的做法，制作一个硬木的底座，再配上一个玻璃罩，孤零零地摆进这四只“企鹅”，就很难表现出那独有的魅力。所以，要用一番心思，为它们创造一个“生活的环境”，让它们回到“大自然”中去，与“大自然”和谐地相处在一起。

于是，我又在当地费尽了力气，终于搜集到一块水晶石，居然与“冰川”十分相像。我让这四只“企鹅”站立在“冰川”之上，蹒蹒跚跚，憨态可掬，蓦地产生一种盎然的情趣。

归来之后，我又进一步想，这四只“企鹅”生活的环境只有“冰川”，未免有些单调，要是再有“雪原”，那就更好了。我决计这样去做：用汉白玉雕刻成一个底座——这底座是一片茫茫的“雪原”，再将“冰川”置放其上，也就成为“雪原”上的“冰川”。然后，让“企鹅”生活在这样“严寒的地带”，不就更加富有情趣吗？

我把这一想法说给一个雕塑家，立即得到他的支持，他要亲自去选汉白玉，亲自去设计，亲自去动手，尽快将“雪原”雕刻出

草丛（水晶）

孤岛（柳江石）

来。我期待着“雪原”尽快出现，从而为这四只“企鹅”营造一个更适宜、更融洽、更迷人的环境。

这是我的另一个做法：

大约七八年前的一天，我难得有点闲空儿，就赶往北京大观园去观看奇石展。我急迫地逛来逛去，突然在一个广西农民的摊位上看到一块柳江石，仿佛一座孤岛。只见，“孤岛”上耸立六个黑黝黝的山头，起伏不平，大小不一，高低有致，而一条白色石纹又恰似穿过“孤岛”的河流。

这是一幅多么难得的景观！

我将这块柳江石买下来捎回天津。后来，我越看越觉得不对头：这座“孤岛”被放在一个粗制滥造的木托上，就像一幅精美的山水画被镶在粗陋不堪框子里，显得很不协调。我决定将原有的木托扔掉，再寻找一种形式，能够淋漓尽致地表现“孤岛”的魅力。

如何才能更好地表现呢？

我买来一个椭圆的瓷盘，铺满白白的细沙，将“孤岛”置放其上，又在周围摆上几只陶制的小船，力求营造一种“大海中孤岛”的氛围。

这样一来，虽然有了一定的变化，但又出现新的遗憾：用白白的细沙象征“大海”，这并不尽如人意。

我依然不满意，要继续去改，但这次不再贸然从事，而是经过一番谋划。我又请来一位雕塑家，让他去看“孤岛”，与他商议如何更好地展示。他看罢“孤岛”之后，认为这是一个令人兴叹的大自然“杰作”，一定要选取上好的石材——这石材最好是蓝色的，精心雕刻成一片波涛翻滚的景象，逼真地表现出汹涌澎湃大海的壮观。然后，再将“孤岛”置放其上，不就能更显现出“孤岛”的神韵吗？

我觉得这个想法太好了，当即请他帮助去干这件事情，他非常爽快地答应了。我相信，只要这个想法得以实现，这座“孤岛”所处的孤立、孤单的氛围，也就得到很形象、很充分、很恰当的表现。

我还有其他的做法：

我有一块细长的玛瑙木化石，呈现青铜色，犹如一把利剑，于是就请人做了一个木制的“剑柄”、一个木制的“剑架”，与“利剑”浑然一体，取名为“上方宝剑”；我有一块小小的灵璧石，犹如一只青蛙，于是就请人用木头雕出一个硕大的荷叶，让“青蛙”跳上去，取名为“荷上蛙鸣”；我有一块红红的风棱石，犹如一个火炬，于是就请泥塑艺术家制作一个高举火把的福娃，将“火炬”放上去，取名为“炬光映天”……如此等等，不一而足。

总之，有了好的奇石，要得到更适合、更完整的表现，就一定

怒放（菊花石）

仙山（松花江石）

要追求尽可能完美的形式。事实证明，一旦有了尽可能完美的形式，好的奇石就无疑会“好上加好”。

由此，也给我们带来一个深刻的启迪：不论展示奇石，还是干其他事情，既要注重内容，也要注重形式，要尽力处理好内容与形式的关系。

从哲学意义上讲，内容是构成事物内在要素的总和，形式是内容的表现形态、表现方式。世界上的一切事物，都是内容与形式的统一。任何内容都具有某种形式，都是具有某种形式的内容；任何形式也都具有某种内容，都是具有某种内容的形式。不具有形式的内容与不具有内容的形式，都是不存在的。

总的来说，在内容与形式的关系中，内容居于决定的地位，形式居于从属的地位，内容决定形式，形式必须适合内容，有什么样的内容就要求有什么样的形式。然而，形式也并不是消极的、被动的，而是对内容有着积极的反作用。

形式对内容的反作用，有两种情形：适合内容的形式，对内容的表现、内容的发展起着积极的促进作用；不适合内容的形式，对内容的表现、内容的发展起着阻碍作用，更有甚者还会成为一种严重的束缚、严重的破坏。

因此，我们要重视内容，但也绝不能忽视形式，要努力追求尽可能完美的形式——这样就一定能把所要干的事情，干得更好，干得更出彩儿。

仙洞（栖霞石）

勃发（竹叶石）

江水奔腾（大理石）

未能“到达”的“富士山”……

在收藏奇石生涯中，我有过得意之时，也有过失意之时。在得意之时，我感到十分高兴，甚至一连几天都沉浸在高兴的心境之中；在失意之时，我觉得非常不愉快，甚至一连几天都难以从不愉快的心境之中摆脱出来。

收藏奇石，是一种高雅的业余爱好，可以丰富生活，也可以陶冶情操，给生活平添情趣，本来就应是令人高兴的事情。然而，为何还会带来不愉快呢？

这种让人们很难理解的情况，确实是会出现的，并且是会不断出现的……

这是我的一段难以忘怀的经历：

7年前的一个星期天，我去北京参加一个会议之后，又去逛大观园奇石市场。这里的一家又一家奇石商店，摆放着许许多多的奇石，其中以灵璧石居多，中上品有之，下品也有之，令人目不暇接。

我收藏奇石，始终恪守“宁缺勿滥”的原则，对看不上眼的奇石，决不迁就，决不搜集。常言道：“一条鱼腥一锅。”一旦有了看不上的奇石——当然也是属于下品的奇石，再与属于中上品的奇石混杂一起，势必要严重影响“整体效果”、“整体水平”，从而大大地降低品位。

在一家奇石商店里，我发现一块灵璧石，特别像日本的富士山。只见这并不太大的灵璧石，宛如一座山峰，突兀而起，气势挺拔，最高处呈现一片片白色，又似长年不化的皑皑白雪……这无疑是奇石中的上品。

我去过日本，但没有到达富士山，只看过图片上的富士山。可是，当我刚一见到这块灵璧石，立刻就自然而然地想起“富士山”。

这家奇石商店的主人与我的想法不谋而合，也合乎情理地为其起名为“富士山”。

我站在“富士山”前认真端详，越端详越喜欢，许久不肯离去……

于是，我开始向主人打探价格。

主人的年纪大约五十开外，一身农民装束，个头中等而瘦削，长脸庞上细眯的双眼闪着光亮，一看就感到不好通融。

不出我的所料，他开出的价钱果然很高，以致高得有些离谱，远远超出了“常规”。

我试探着向他划价，他的口气十分生硬，几乎没有商量的余地。我看他的态度这么高傲，也不愿再做过多的交涉，只好悻悻离去了。

从此以后，这“富士山”的形象，总是在我的心头闪现，久久难以磨灭。

雪峰（灵璧石）

雪山（灵璧石）

过了一个多月，我再次来到大观园奇石市场，径直向这里奔来。我没有见到主人，发觉现场只有一位很像来自农村的姑娘。

这位姑娘倒是分外热情，立刻迎上来打招呼，随后就滔滔不绝地介绍一块块灵璧石……我对其他的灵璧石毫无兴趣，直接切入话题，再次询问“富士山”的价格。

当时，她说出的价格，并不是原先的价格，而是降低不少，这让我始料不及。

于是，我一点儿也没有犹豫，当即就将“富士山”买下来。

我又借了一辆小推车，把“富士山”搬上去，急促地向外边走去，内心充满欢喜之情。

过了十几分钟，我已经快到自己开来汽车的泊位了，突然听到一阵尖尖的喊声：“喂，快停住，快停止。”

我停住脚步回头一看，发现这位姑娘一边喊着，一边气喘吁吁地追来。

“你有什么事？”我有些迷惑不解。

“我把‘富士山’的价格说低了，不卖了，求您退给我吧！”她上气不接下气地说。

按照规矩，双方讲好价格卖出去的东西，是不能随意反悔的。听她的讲话，我并不甘心把十分喜爱的“富士山”退回去，所以迟迟不做回答。

这时，这位姑娘的眼里淌下泪水，又哽哽咽咽地说：“我是在这儿打工的，记错了‘富士山’的价格，老板刚回来听说这件事，向我发火了，说是不追回来，就要把我辞退，还扣掉我的工钱。”

我听后一下子就心软了。

我不能不为这位姑娘着想，只好带着一种深深的遗憾，把“富士山”退了回去。

又过两三个月，我再次来到大观园奇石市场，又奔向这家商店，发现“富士山”已经不在了，不知被哪位独具慧眼的人收藏起来。

这让我的心情十分沮丧，一连几天过去了，依然很别扭，很不开心……

我还有这样的更多经历：

有一次，我到银川参加全国晚报记协年会，趁机来到离这儿

独秀峰（对石·大理石）

独秀峰（对石·大理石）

不远的内蒙阿拉善盟巴彦浩特市的奇石市场。

我去进一家小店，只见面积狭小、陈设简陋，但架子上、桌子上的各种奇石却并不少，堆得拥挤不堪。我看到桌子上一个瓷碟里，摆着一些灰黑色玛瑙石。经过打听得知，它产自蒙古国，刚刚进入中国，目前的奇石市场上还不多见。

我把瓷碟里的玛瑙石散落在桌子上，不停地翻来翻去，出其不意地发现其中一块玛瑙石，很像切开后的一片“松花蛋”。只见这一片“松花蛋”的大小和蛋青、蛋黄的颜色，与饭桌上的松花蛋几乎一模一样。毫不夸张地说，如果把它与饭桌上的松花蛋放在一起，还真的会一时难辨真伪。

我决定把这一片“松花蛋”买下来。然而，就在我与小店的主人商谈价格时，同行的一个伙伴在外边大声将我喊了出去，急切地去看旁边另一家小店的沙漠玫瑰石、葡萄玛瑙石。我陪着他看了一阵子，出来之后发现有这一片“松花蛋”的小店已经紧锁大门，主人也离去了。

当时，我不能在这里居留，必须在当晚赶回银川，因此也就失去了搜集这一片“松花蛋”的宝贵机会。

归来之后，有一阵子每每想起这件事，我都觉得十分窝火，心中总是闷闷不乐。

此外，我在天津复兴公园奇石市场，本来想买一块颇似“粮仓”的奇石，但却未能如愿，至今仍念念不忘；我在天津人民体育馆奇石展销会，本来想买一块很像“青果”的戈壁石，但却没有做到，至今仍难以忘却；我在天津银河广场奇石展销会，本来想买一块有着“大海波涛”图案的三峡石，但却失去机会，至今仍不能忘怀……如此等等，不胜枚举。

在我身上发生的这些事情，确实不断给我带来不愉快的心境，这往往为人们所不了解，甚至更不理解。

当然，对于我来说，在我的收藏奇石生涯中，尽管不断出现不愉快的心境，但这只是暂时的，并不是长久的。

这是因为：

我知道，出现不愉快的心境，如果任其一直持续下去，不仅有损身心健康，而且影响工作。所以，必须要尽快摆脱不愉快的心境，一定不能较长时间地持续下去。

汹涌的大海（大理石）

我也知道，不断出现不愉快的心境，是一种再正常不过的心理现象。有句古语："不如意事常八九。"人们在生活中，经常遇上许多不如意的事情，这是由主体与客体之间的矛盾造成的——作为主体的人们总是充满着各种欲望，而作为客体的客观事物又常常不能满足人们的欲望，于是就让人们不愉快的心境接连产生了。所以，人们不断出现不愉快的心境，压根儿就无法避免。

我还知道，通过主观的努力，不愉快的心境是可以调节的。首先，要从行为上调节。从行为上调节的最好办法，就是转移注意。倘若遇到不满意、不满足的事情，越想就会越别扭，此刻就不要再去想，转而去寻些开心的事情，喜欢听音乐就去音乐厅，喜欢看书就去图书馆，喜欢旅游就外出，喜欢找好朋友聊天就去造访……这样往往能很快就收到效果，进而转忧为乐。

其次，要从意识上调节。转移注意毕竟是临时措施，不是根本办法，而根本办法就是把事情"看透了"，凡事都要"想得开"，进入一种"达观"境界。要知道，不管情愿也罢，不情愿也罢，反正不愉快的心境总会出现，那么就必须要正视这一现实，不妨来一个"精神上的胜利"——自己宽慰自己，自己谅解自己，自己解脱自己。有了这样的认识，也就能主动地把坏心情甩掉，让心境逐渐平和。

这就是我应对不愉快心境的感想和具体做法。

最后，让我们记住一位哲人的教诲："把开心的事情刻记在石头上，把不开心的事情写在沙子上，那么开心可以永远流传，不开心则随风而散。"

·石谱六·

化 石

通常是指保存在各地质时期岩层中的古生物遗体和遗迹，而奇石中的化石，则必须具有一定观赏价值和收藏价值，在自然界中十分难得。

(1)植物类

在漫长地质历史中，植物作为生物界发展的重要部分，也遵循由低级到高级、由简单到复杂的规律不断地进化，而植物化石则是生物进化的有力证据。

始于46亿年前、结束于25亿年前的太古代晚期，出现了最原始的藻类和菌类，植物化石中的叠层岩就是藻类在长期沉积中形成的化石。始于25亿年前、结束于6亿年前的远古代，藻类开始繁盛；始于6亿年前、结束于2.25亿年前的古生代，出现了以蕨类植物、鳞木、芦木为多的植物群；始于2.25亿年前、结束于7000万年前的中生代，裸子植物繁茂起来，被子植物开始出现；始于2000万年前、结束于人类出现的新生代，被子植物兴起。各个时期的植物都留有化石。目前，常见的植物化石中有苏铁、银杏、蕉叶、松柏叶片和蕨类植物等。此外，最多见的植物化石是硅化木，品种很多，数量也很大。

(2)硅化木类

硅化木由树木演化而成。大约在1.5亿年前，在洪水冲刷下，成片的树木逐渐被泥土、沙石和火山灰所埋藏，在密封和高温条件下，经过含硅的地下水长期硅化，就形成了“硅化木”，也就是今天所说的树化石、木化石。后来，几经地质变迁，陆地上升，使得埋藏在地下的硅化木重见天日。

硅化木在我国分布很广，在许多省、区、市都有所发现。此外，世界上出产树化石的其他国家也很多。树化石的色泽十分丰富，种类可细分为玛瑙硅化木、蛋白石硅化木和普通硅化木。其中，玛瑙硅化木以玛瑙即“玉髓”矿物成分为主，蛋白石硅化木以蛋白石矿物成分为主，普通硅化木是由隐晶质“交代”而成。

(3)珊瑚类

珊瑚化石比较常见。最早出现于古生代的珊瑚虫，是生于海洋中的一种腔肠动物。幼小的珊瑚虫，在海洋中自游自在地游动，但长到成虫时，就固定在岩石上或“先辈”的石灰质骨骼上。只有到了晚上，这些成虫才伸出触手，捕食浮游生物，消化之后又分泌石灰质，塑造自己的壳体。这样就越“长”越大，随着时间的推移，逐渐形成珊瑚石。

珊瑚石以美丽多姿、色彩斑斓而著称。从造型上看，珊瑚石有树枝状、扇状、蜂窝状等；从色彩上看，有红色、紫色、白色、灰色等，以红色最为名贵。

(4)腕足类

腕足类生物是品种繁多并有两瓣硬壳的海生单体底栖生物，在古生代的志留纪至奥陶纪最为繁盛。腕足类生物化石，主要产于石灰岩、泥灰岩和钙质页岩中，泥灰岩中的化石往往保存比较完美。

腕足类生物化石中的“燕子石”，其外部的贝壳体为横方形，向左右延伸时，逐渐上翘并呈现“张开”形状，一条条颇粗的放射状褶线浮在上面，宛如燕子的双翼。腕足类生物化石中的鸮头贝化石，形状像被称为“鸮”的一种性情凶猛鹰的头部，所以才得此名。鸮头贝化石在岩层中很容易剥离出来，有的是单体，有的是联体。

（5）头足类

头足类生物是海生肉食性生物，壳体内具有隔壁和体管，生活在古生代的海洋里。头足生物所形成的化石，存在于层层叠叠的岩石中间，主要是指震旦角石和菊石化石。

震旦角石的圆锥形壳体，内有很多横板，形状大小不一，一头尖、一头粗，呈绿灰色或紫红色，仿佛一座直立的塔，所以又有“宝塔石”的雅称。菊石与现存的鹦鹉螺十分相似，其化石种类达十几个，形状差别不大，但体积差别很大，有的大如盆，有的小如豆，五彩斑斓，十分漂亮。

（6）三叶虫类

三叶虫是海生无脊椎动物，曾在古生代的海洋里大量繁殖。三叶虫的整体外形，横向分为头、胸、尾三个部分，纵向分为中轴和左、右肋叶。三叶虫的尾部两侧粗大的刺向后展开，形同蝙蝠的翅膀，而尾轴恰如蝙蝠的躯体，而是一生要脱几次壳，所以成为化石之后，便呈现展翅飞翔的“蝙蝠”形状。

目前，世界上已发现一万多种三叶虫化石，在我国也达到一千多种，最小的长几毫米，最大的长几十厘米，都具有观赏价值。

（7）棘皮动物类

棘皮动物是无脊椎动物中最高等的门类，曾在古生代的海洋中繁衍生息。棘皮动物所形成的化石，主要为海胆、海林擒、海星和海百合化石等，其中以海百合化石最为有名。

海百合化石的整体，犹如生活在海底的一株栩栩如生的百合花。海百合的“根部”，或呈“锚”状，或呈“卷枝”状，固定在海底；海百合的“基”部，呈细长的“管”状，中间有茎孔；海百合的“冠”部，由“萼”和“腕”两部分组成，呈“花萼”状，漂浮在“茎”部的上端。海百合是无脊椎动物向脊椎动物进化过程中处于分界状态的重要物种，既有无脊椎动物的特点，又有脊椎动物的某些特征，在世界上所留存的化石极为罕见。

（8）鱼类

鱼类是种类繁多、起源很早的水生脊椎动物，经过数亿年的演化，在其他脊椎动物还没有出现时，就已经在古生代的泥盆纪兴起并繁盛，相对于其他种类占有绝对的优势。由此，人们把古生代的泥盆纪称作“鱼的时代”。鱼类化石比较常见但大型鱼种化石非常难得。常见的鱼类化石有体积较小的北票鲟、狼鳍鱼和江汉鱼等。

其中，鱼类化石中的北票鲟呈梭形，头略低平，尾呈歪形，只有小的侧线鳞，鱼体为褐黄色；鱼类化石中的狼鳍鱼，头的长度与体高相近，眼大尾正，背鳍靠后，鱼体为褐黄色；鱼类化石中的江汉鱼呈长圆形，头较小，鱼背高凸，圆鳞正尾，鱼体为褐黑色。化石中的鱼，或是单个、或是两三个、或是成群地保存在同一石板上，清晰逼真，神态自然，引人入胜。

（9）昆虫类

昆虫是种类繁多、大多都有翅膀的节肢动物。中国的昆虫化石主要产于中生代的侏罗纪晚期至白垩纪早期页岩中，诸如冀东、鲁西、辽西的蜉蝣裂尾虾、蜻蜓、蜜蜂化石等，辽宁抚顺煤田的琥珀里的蚊、蝇、蚁等；山东临朐山旺的蜜蜂、蚊、蝇、蚁、蛾等。

昆虫化石中以保存在琥珀中的最为珍贵。琥珀是松柏分出的树脂入地后形成的化石，其中，有的琥珀里边包着昆虫，是因为松柏分泌的树脂将它们紧紧粘住。琥珀不仅晶莹圆润，光彩熠熠，而且颜色纷呈，绚丽多彩。琥珀的质地也十分诱人，有的透明，有的半透明，称得上“美丽”异常。

(10)两栖类

两栖动物是在个体发育过程中或多或少经过变态的生物，幼体以腮呼吸并适于水栖，成体后一般以肺呼吸并适于陆栖。两栖动物繁盛于古生代的石炭纪。中国发现的两栖动物化石不多，主要为玄武蛙化石。玄武蛙的外形与现代蛙相似，所形成的化石往往形体完整，骨骼之外有皮肤印痕的较为珍贵。

(11)爬行类

爬行动物是曾经繁盛一时的庞大类群，为真正的四足陆生动物，产卵后可以在陆地孵化。原始的爬行类动物最早出现在古生代末期，中生代更加兴旺，遍及陆地、空中、海洋、湖泊和沼泽。爬行动物化石中，具有一定观赏性的有龟鳖类、蜥鳍类、鳄类、翼龙类和恐龙类等。

其中，鱼鳖类化石大多都只是保存背与腹甲，少数保存头与爪，主要有无盾龟、陆龟、满洲龟、中国古鳖化石等；蜥鳍类化石保存比较完整，四肢短而颈长，主要有贵州龙、潜龙、巢湖龙化石等；鳄类化石多为头骨化石，也有少量有完整躯体的化石，主要有山东鳄、西蜀鳄等；翼龙类化石十分罕见，头、喙细长而眼孔大，主要有准噶尔翼龙、湖翼龙化石等；恐龙类化石大多都是保存完整的骨架，大者长达 20 至 40 米，小者长不足 1 米，作为世界上恐龙化石最丰富的国家之一的中国，在很多地区都有所发现，并具有构造清晰、形态各异的特点。

(12)遗迹类

遗迹化石是指各类动物遗留下来的生活痕迹和遗物。各类动物的生活痕迹和遗物经过成岩作用形成坚硬的遗迹化石，保存在沉积岩中。具有观赏价值的遗迹化石有恐龙蛋、鸟蛋、龟蛋、鱼卵、恐龙足迹、鸟类足迹、三叶虫遗迹化石等。

遗迹化石中最常见的是恐龙蛋化石。中国是出产恐龙蛋化石最多的国家之一，分布十分广泛，无论品种还是数量，都让世人瞩目。这些恐龙蛋化石，有圆形、扁圆形、椭圆形，也有长形、橄榄形。呈窝状的完整无缺的恐龙蛋化石，最受人们青睐。

后 记

《寻石与问石》一书，凝结了我在收藏奇石经历中对人生、对工作、对处人处事的种种思考，既是一部介绍奇石的书，又是一部阐述哲理的书。这部书的一些文章在《今晚报》的《今晚副刊》陆续发表，不断博得读者好评，在社会上产生一定的反响，这使我分外欣慰，于是就以一种热情将其结集成书。

这部书得以出版，让我对一些朋友充满感激之情。著名作家、中国文联副主席、天津市文联主席冯骥才在百忙之中为这部书作序，他以开阔的视野，通过谈收藏奇石而对提高整个收藏界品位，发表了简明而深邃的见解。百花文艺出版社社长靳立华和编辑曾永辰对这部书的出版给予很大的支持，并提出很好的建设性意见。

这部书得以出版，还让我对《今晚报》一些同仁充满感激之情。副刊部主任吴裕成对发表在《今晚副刊》的文章进行了精心编排，摄影部主任张凯林为本书提供了精美图片，雕塑艺术家刘贵宗为一些奇石配制富有创意性的人物或底座，总编室秘书刘军不辞辛苦地为本书打印文章；原文化部主任、生生文化创意工作室主持人魏新生以丰富的经验将文章和图片编辑成书。

我的夫人琚宝荣多年以来跟随我到处搜寻奇石，操了不少的心，吃了不少的苦头，也由此成为鉴赏奇石的行家。有了她的支持，我才能够在奇石收藏中有所收获，有所建树。

在此，向大家一一表示衷心的谢意！